LES FASTES

DU

COMMERCE,

OU

LE COMMERCE,

Poëme historique en XII Chants, avec
des Notes.

PAR M. T. ROUSSEAU.

A PARIS,

De l'Imprimerie le COUTURIER, Quai des
Augustins, près l'Eglise.

1784.

AVERTISSEMENT.

CE poëme eft compofé de douze chants. Des raifons particulières me déterminent à ne faire paraître que ces cinq premiers: les fept autres font tout prêts. Il ne me refte, pour terminer entièrement ce grand ouvrage, que les notes à recueillir; ce qui, fans contredit, eft la moindre partie de mon travail. Chaque chant fera précédé d'un argument & fuivi de fes notes. Le Ve. & le VIe. chants comprennent l'hiftoire du commerce des Hollandais & des Anglais; les VIIe. VIIIe. & IXe. chants celle du commerce des Français; les trois derniers chants font réfervés à l'hiftoire du commerce de l'Amérique. Le Gouvernement a daigné encourager cet ouvrage, auquel je travaille depuis cinq ans, & qui fera en état de paraître fous un an au plus tard. Je ne négligerai rien pour le rendre digne de l'accueil du public, & des suffrages des personnes éclairées qui ont bien voulu jusqu'ici m'honorer de leur estime & de leur approbation.

LES FASTES

D U

COMMERCE,

POEME.

CHANT PREMIER.

JE chante ce grand Art qui lui seul nous dispense
Les plus rares bienfaits de l'heureuse Abondance,
Qui, de l'oisiveté nous inspirant l'horreur,
Par la main du Travail nous conduit au bonheur :
Maîtresse des trésors de la terre & des ondes,
Sa vaste politique embrasse les deux Mondes,
Et tous deux les couvrant de ses nombreux rameaux,
Ne fait qu'un Peuple-Ami de cent Peuples rivaux.

Que l'horrible Belonne allumant son tonnerre,
Souffle à ses noirs Enfans les fureurs de la guerre ;
Accourans à grands pas des bouts de l'univers,
Que ces fougueux Enfans armés par les enfèrs,

A iij

Ne se fassent qu'un jeu de semer le carnage,
De livrer leurs foyers au plus affreux pillage,
Au milieu de ces champs, théatres des combats,
De ces champs engraissés du sang de leurs soldats,
Sage Médiateur, le Commerce s'avance,
De leur rage lui seul calmant la violence,
Il se met à leur tête, &, l'olive à la main,
Du Temple de la Paix leur ouvre le chemin :
Mère heureuse des Arts & fille du Génie,
Sur ses pas aussi-tôt la féconde Industrie,
S'empresse de former ces doux liens de fleurs
Qui souvent aux vaincus enchaînent les vainqueurs.

O vertueux LOUIS, grand Monarque & bon Maître,
Permets que, sous ton nom, mes chants puissent paraître !
Le Commerce lui seul qui m'enflamme aujourd'hui,
Des plus puissans Etats est devenu l'appui ;
Il est digne, GRAND ROI, tout me force à le croire,
Des vers que je consacre à relever sa gloire :
Fais, en les honorant d'un seul de tes regards,
Pour la tienne, avec lui, revivre tous les Arts.

DANS ces tems, reculés âge de l'Innocence,
Où respirait le Monde encore à son enfance,
L'homme, au beau siècle d'or, sans peine & sans labeur,
Coulait des jours filés par la main du Bonheur ;
Enfant soumis alors aux loix de la Nature,
Il voyait cette Mère aussi tendre que sûre,
D'un coup d'œil attentif prévenant ses besoins,
Epargner à son fils jusques aux moindres soins :
Le doux zéphyr, pour lui, d'une aîle caressante,
Tempère du Lion l'haleine dévorante,
Et de Janvier sans cesse écartant les rigueurs,

Le Printems à fes yeux fe couronne de fleurs,
L'homme alors, à l'abri des faifons indociles,
Marche fans vêtemens, n'élève point de villes,
Et preffé du fommeil qui fuit de nos palais,
Trouve un lit en plein champ dans les bras de la paix.

JALOUX de contempler la Beauté la plus pure,
Il court, à fon réveil, furprendre la Nature :
De l'univers entier les charmes renaiffans
Font germer dans fon cœur les plus doux fentimens.
Ainfi qu'un jeune époux, dès l'aube matinale,
Quittant, ivre d'amour, fa couche nuptiale,
Cet aftre qui, d'un pas lent & majeftueux,
S'avance, avec fierté, fous la voûte des cieux,
Qui, lançant, par faifceaux, fa brillante lumière,
Remplit de fon éclat fon immenfe carrière,
Le zéphyr entrouvrant le calice des fleurs,
Et parfumant les airs de leurs douces odeurs ;
Le gazon parfemé des perles de l'Aurore,
Le coloris plus vif des richeffes de Flore,
De nos chantres aîlés les concerts raviffans,
Tout enivre, à la fois, & fon cœur & fes fens !
C'eft pour lui que les Dieux déployant leur puiffance,
Etalent, chaque jour, tant de magnificence ;
Il l'admire, il s'étonne, & foudain devant Eux,
Baiffe le front foumis d'un fils refpectueux !

C'EST-LA que, recueilli, méditant fur fon être,
Cet homme, en leur préfence, apprend à fe connaître ;
Que, cherchant, en lui feul, la route du bonheur,
Il lit tous fes devoirs au livre de fon cœur :
C'eft-là que fa penfée active & plus hardie,
N'eft pas moins libre encor que fon brûlant génie,

A iv

Et que, prenant fans crainte un vol audacieux,
Elle franchit l'efpace & plane dans les cieux.

HEUREUX en cet état, il s'inftruit & s'éclaire:
La Nature à fes yeux fe montre fans myftère;
L'augufte Vérité lui prêtant fon flambeau,
Il foulève d'abord cet immenfe rideau,
Qui cache à fes regards l'admirable affemblage
De ces profonds fecrets que perce l'œil du Sage,
Et refte, à leur afpect, hors de lui tranfporté,
Comme accablé du poids de la Divinité!
Enfin, fans nul fecours, féconde & libérale,
La terre offre à fes vœux tous les biens qu'elle étale:
Les fruits, au même inftant qu'il éprouve la faim,
Semblent, comme à l'envi, fe placer fous fa main;
Pour étancher fa foif, l'eau pure des fontaines
Sur des lits de gazon ferpente dans les plaines,
Et fans avoir le tems de former des defirs,
Tous fes foins font bornés au choix de fes plaifirs.

DE l'homme, en ces beaux jours fi vantés par la Fable,
Tel fut, n'en doutons pas, le deftin véritable:
il durerait encor, s'il n'avait à la fois
De la Nature, hélas! trahi toutes les loix.
Si-tôt que, de l'erreur efclave volontaire,
On le vit, pour la fuivre, abandonner fa Mère,
Dès qu'on vit le cruel, profanant fon bienfait,
Meurtrir jufques au fein qui lui donna fon lait,
Cette Mère fi tendre à fon tour irritée,
Et de fon lâche oubli juftement révoltée,
Profcrivit à jamais l'ingrat qui fur fon front
Imprimait, fans rougir, un fi fanglant affront!

A peine eft-il déchu de fa grandeur première,
Qu'affailli tout-à-coup par l'affreufe mifère,

Il éprouve à la fois mille befoins preffans,
Tyrans impérieux & bourreaux de fes fens !
Des jours fombres remplis de trifteffe & d'alarmes,
Remplacent les beaux jours dont il goûtait les charmes ;
La Nature aux faifons, qu'il voit bientôt changer,
Semble avoir confié le foin de la venger ;
D'un vol impétueux lancé fur les nuages,
Eole dans les airs foulève les orages,
Et, contre l'univers, redoublant fes fureurs,
Offre à l'homme, aux abois, un fpectacle d'horreurs !
Au milieu des éclairs qui fillonnent la nue,
La foudre part, éclate, & fe brife à fa vue :
Ses champs font dévorés par les feux du midi ;
Lui-même, fous leur poïds, il tombe anéanti !
S'il échappe à fa perte, Aquilon & Borée,
Qui fondent fur la terre à leur rage livrée,
Raffemblant, contre lui, leurs dards les plus aigus,
Portent le froid mortel dans fes membres perclus :
Cette Mère, en un mot, qui toujours plus féconde,
Prodiguait à fes vœux les biens dont elle abonde,
Cérès, en le privant des tréfors de fon fein,
Prend déformais pour lui des entrailles d'airain :
Le pénible travail d'une lente culture
Lui promet vainement fa faible nourriture :
Quand la terre à fes cris femble, enfin, s'émouvoir,
Le Ciel tonne, fe venge & détruit fon efpoir !

Dans ce terrible état que l'homme aurait dû craindre,
Son deftin mille fois eût été moins à plaindre,
A tant de paffions, fuites de fon erreur,
S'il avait interdit tout accès à fon cœur ;
Mais, quand, prêtant l'oreille aux chants de ces Syrènes,
Il fe plut à voler au-devant de leurs chaînes,

Lorſque l'Ambition l'armant de ſes poignards,
L'entraîna ſur ſes pas au milieu des haſards ;
Lorſqu'on le vit, hélas ! cédant à ſon ivreſſe,
Lâchement s'endormir aux pieds de la Molleſſe ;
Quand l'Avarice encor devançant le ſoleil,
Accourut bruſquement l'arracher au ſommeil,
Pour clouer le forçat ſur ce tréſor infame,
Où ſouvent, de beſoin, on le voit rendre l'ame ;
Lorſque l'Envie, enfin, aux regards dévorans,
De l'enfer même en lui tranſporta les tourmens,
Privé de ſon repos, ainſi que de ſa joie,
A mille affreux vautours ce Prométhée en proie,
Perdit, dès ce moment, avec ſa liberté,
Tout l'eſpoir qu'il avait à la félicité.

A I N S I cette orgueilleuſe & vaine créature,
Cet homme qui ſe dit le Roi de la Nature ;
Lui qui ſait enchaîner & maîtriſer le Tems ;
Lui qui ſoumet les flots, dompte les élémens ;
Lui qu'on voit, de nos jours, nouvel enfant d'Eole,
Tranſporté dans un char qui s'élève & s'envole,
Plus hardi que Jaſon, ſur la plaine des mers,
Traverſer, en Vainqueur, le vaſte champ des airs ;
Cet homme qui, planant ſur l'aîle du Génie,
Va dérober aux cieux les ſecrets d'Uranie ;
A tous les animaux lui qui donnant des loix,
Juſques ſur ſon Egal oſe étendre ſes droits,
Cet homme enfin ſi fier de ſa grandeur ſuprême,
Lui qui peut tout ſur tout, ne peut rien ſur lui-même,
Et ſoumis à ſes ſens, en eſclave honteux,
Eſt forcé maintenant de ramper devant eux :
Ainſi précipité dans un gouffre de vices,
Il erre & cède au gré de leurs lâches caprices,

Et ce prétendu Roi n'offre plus en effet
De cent Tyrans obscurs que le triste jouet.
Si-tôt qu'il fut, par eux, dépouillé de l'empire,
A leurs fougueux besoins ne pouvant plus suffire,
Pour son propre bonheur, il fallut à la fois
Inventer le Commerce & les Arts & les Loix.
Le Vice toujours sûr du pouvoir de ses armes,
Le Vice, en étalant ses trop coupables charmes,
Offre en vain mille biens à ton cœur combattu,
Ton bonheur, ô mortel ! est d'aimer la vertu !

Dans ses productions la Nature féconde,
Et dans ses vastes plans admirable & profonde,
Pour unir les Humains par des liens plus forts,
N'a point, dans chaque lieu, semé tous ses trésors ;
Mais dans les biens divers que sa main nous dispense,
Elle met sagement une exacte balance,
Et du lot qu'il obtient chaque Pays flatté,
De son partage encore, atteste l'équité.

L'un nous découvre un sein qui féconde & récèle
Les germes précieux qu'y dépose Cybèle,
Et qui, durant l'été, paré de tous ses dons,
Rend vingt Peuples jaloux de ses riches moissons.

L'autre soumis aux loix du Dieu vainqueur de l'Inde,
Porte ce doux nectar, cher aux Enfans du Pinde,
Qui, pénétrant leurs sens d'une subite ardeur,
Fait passer, jusqu'à nous, leur délire enchanteur !

Celui-ci non moins fier seul enrichit son maître
De ces brillans métaux que le Pérou voit naître
Aux lieux, où le soleil penchant vers son déclin,
Chaque jour, de Thétis, se plonge dans le sein.

Celui-la ne produit que ce métal utile,
Propre à fendre la terre, à la rendre fertile,
Mais qui n'eſt aujourd'hui, pour l'homme deſtructeur,
Que l'affreux inſtrument de ſa lâche fureur.

De ces différens biens dont l'abus eſt étrange,
L'impérieux beſoin nous preſcrivant l'échange;
Cet échange d'abord auſſi noble qu'heureux,
Du Commerce entre nous forma les premiers nœuds.
Comme le Genre Humain qui lui donna naiſſance,
Il fut, n'en doutons point, faible dans ſon enfance,
Nos Pères n'avaient pas, nés ſimples & groſſiers,
Tous ces beſoins, pour nous, ſi ſouvent meurtriers:
Une vile peau d'ours, de tigre ou de panthère,
Faiſait, de ces ſylvains, la parure ordinaire,
Et le gland qui pullule au ſein de nos forêts,
Etait, dit-on, alors le plus doux de leurs méts.
Bientôt, du haut des cieux, un immortel Génie
Eveille, des humains, l'ame encore aſſoupie,
Et le Goût, à ſa voix, allumant ſon flambeau,
Fait lui-même, à leurs yeux, briller un jour nouveau:
L'homme quitte des bois la retraite profonde,
Je crois voir, du néant, ſortir un autre Monde:
Tout s'émeut; tout s'anime en ce Monde enchanté,
Au ſouffle créateur de la Divinité;
La terre enfante ici des villes floriſſantes,
Des Peuples belliqueux, des Nations puiſſantes,
Et déjà les Beaux Arts, nouveaux Dieux des Mortels,
Dans les murs de Memphis obtiennent des autels!

Sortant de ces braſiers que le Cyclope allume,
J'entens déjà le fer réſonner ſur l'enclume;
Déjà ſes bras nerveux forgeant les durs métaux,
Font au loin, dans les airs, retentir les marteaux,

'Amollis par le feu, ces métaux plus ductiles,
Sans peine, entre les mains des Artiftes habiles,
Comme une argile tendre en celles du potier,
Soudain de cent façons peuvent fe varier :
De vafes précieux dont la grace m'enchante,
Je leur vois prendre ici la forme féduifante ;
Là, par feuille appliqués, couvrir élégamment
Le fuperbe lambris d'un vafte appartement ;
Des Palais élevés pour la Grandeur fuprême,
De leur faîte orgueilleux vont frapper le ciel même,
Et tous les Arts naiffans travaillent à la fois
Pour les plaifirs du Riche & le fafte des Rois.

S o n équerre, à la main, la mâle Architecture
Conduit, de leurs châteaux, l'impofante ftructure ;
Elle ordonne : à fa voix, le porphyre & l'airain
En colonnes tournés fe transforment foudain.
Mille bras vigoureux des gouffres de la terre
Arrachent tour-à-tour & le marbre & la pierre,
Que la grue au long col, fur fon pivot tournant,
Dans l'air, à volonté, tranfporte au même inftant.
On dirait qu'un Orphée, aux doux fons de fa lyre,
A taillé ces rochers, les charme, les attire,
Et pour bâtir ces murs fans règle ni cordeau,
Sait forcer chaque pierre à prendre fon niveau !
En un clin d'œil, ici, fe fondent les montagnes ;
Là, de vaftes cités fe couvrent les campagnes ;
Plus loin, fous fon cifeau, la Sculpture, à mes yeux,
Fait revivre les traits des Héros & des Dieux :
Dans Ninive déjà, déjà dans Babylone
Je vois briller par-tout un luxe qui m'étonne,
Un luxe qui, de l'homme irritant les defirs,
Change en befoins preffans fes plus fimples plaifirs.

Déja la Vanité, fille de l'Ignorance,
Promène, avec hauteur, son oisive indolence,
Et n'osant, d'un salut, à peine m'honorer,
Elle-même, en tous lieux, se plait à s'admirer.
La Pauvreté sortant de son humble chaumière,
Court mandier les dons de l'Opulence altière,
Qui, sous l'éclat pompeux du tabis & du lin,
Ne la regarde plus que d'un œil de dédain :
Mais bientôt le Travail, son unique ressource,
D'un Pactole abondant lui découvrant la source,
La force d'y puiser, d'un bras plein de vigueur,
Ces trésors qui font seuls sa gloire & son bonheur.
Par les Dieux immortels justement ennoblie,
C'est depuis ce moment qu'on a vu l'Industrie,
Seul véritable bien qui ne craint pas d'écueil,
Précéder fièrement l'Opulence & l'Orgueil !

Ecartant loin de lui le fléau de la guerre,
Osiris le premier vint éclairer la terre :
Ainsi que des lions, des tigres furieux,
Les hommes, avant lui, se déchiraient entr'eux :
Ce Héros, des Géants, défait la race impure,
Aux Peuples qu'il police, enseigne la culture,
Et Mercure, son fils, obtient de toutes parts
L'encens qu'on doit au Dieu du Commerce & des Arts.
Jusqu'à lui les Humains échangeant les denrées
Que produisaient, alors, les diverses contrées,
Ignorèrent cet art aussi simple qu'heureux,
D'égaler la valeur de ces produits entr'eux.
Hermès paraît : c'est lui qui le premier emploie
Ce moyen si connu sous le nom de monnoie,
Agent souvent peu sûr, qui cherche à l'emporter
Sur l'objet qu'il ne doit que nous représenter :

Mais des métaux, enfin, par l'infame alliage,
La Fraude, au double front, vint corrompre l'ufage;
Il fallut auffi-tôt, par des fignes certains,
Indiquer & leur poids & leur titre aux humains :
Pour prévenir, dès-lors, toute coupable atteinte,
Chaque Roi, de fes traits, y dépofa l'empréinte,
Et d'un fceau fi facré cet argent revêtu,
Pour mefure de tout en tous lieux fut reçu.

RIANT Berceau des Arts, Contrée où, fans culture,
Dans toute fa grandeur refpire la Nature,
Pour rendre, de plus près, hommage à tes tréfors,
Que ne puis-je, à l'inftant, m'élancer fur tes bords !
Que j'aimerais à voir ces fuperbes afyles,
Ces fameufes Cités, ces Campagnes fertiles,
Et ces grands Monumens qui prouvent à la fois
Le pouvoir, le génie & l'orgueil de tes Rois !
Vainement, dans leur cours, les fiècles homicides
Ont tenté d'ébranler tes vaftes pyramides,
Entourés de débris ces rochers impofans
Sont fur leur bafe même affermis par le tems.
Que j'aimerais à voir, de fon urne profonde,
Le Nil verfer, fur toi, les tributs de fon onde,
Et, pour te féconder, ouvrant tous fes canaux,
D'un labour incertain t'épargner les travaux !
Sur fes pas, en tout tems, l'Abondance riante
Flotte légèrement fur la cime ondoyante
De ces nombreux épis dont la blonde Cérès
Prend plaifir elle-même à charger tes guérets.
Le Ciel ne borna point aux feuls dons de Cybèle
Cette fertilité prefque furnaturelle ;
Et celle qui couvrait ton fol de végétaux,
Couvrait ce même fol des plus riches troupeaux.

Vit-on jamais ailleurs la brebis innocente
Augmenter deux fois l'an sa famille bélante,
Et docile au ciseau du Berger qui la tond,
Deux fois l'an, dans ses mains, déposer sa toison ?

L'Égypte qui chérit ses paisibles rivages,
Sans autre ambition voit tous ces avantages.
Par son Peuple indolent le Commerce avili
Reste long-temps plongé dans un entier oubli :
La nature, il est vrai, pour lui si magnifique,
Lui fait comme un devoir de cette politique,
Et semble le forcer, en bornant ses souhaits,
A vivre seul heureux de ses propres bienfaits.
Erigeant ce systême en dogme ridicule,
Des Imposteurs sacrés chez ce Peuple crédule,
Bien loin de l'accueillir & de le protéger,
Du plus infame sceau flétrissent l'Etranger.
Contre les gens de mer qu'il dégrade lui-même,
L'aveugle Fanatisme armé de l'anathême,
Ne fait voir, dans Typhon, qu'un Génie odieux,
Implacable ennemi des mortels & des Dieux.
L'Égyptien imbu de ces sombres maximes,
Craignait de se souiller du plus affreux des crimes,
En quittant ses foyers, pour courrir au dehors,
Des différens climats échanger les trésors.

Les plus vils Préjugés, dans une nuit profonde,
Règnent seuls en tyrans sur la scène du monde,
Jusqu'à ce qu'un Grand Homme, astre heureux des Mortels,
Vienne, en les éclairant, mériter leurs autels.
Le faible Égyptien égaré par des Prêtres
Qui faisaient, à leur voix, trembler jusqu'à ses Maîtres,
Eût sottement vieilli dans son lâche repos,
Si le Ciel, chez les Grecs, n'eût fait naître un Héros

Qui

Qui, d'un bras invincible & d'un coup-d'œil fuperbe,
Abaiffant l'Ignorance encor plus bas que l'herbe,
Déchirait, en mettant tous les Peuples aux fers,
Le voile dont l'Erreur couvrait cet Univers.

TEL qu'un bouillant Courfier, Alexandre s'élance:
La Terre, à fon afpect, garde un humble filence,
Et l'Égypte, foumife, apprend, enfin, de lui,
A quel point, des États, le Commerce eft l'appui.
Mais toutefois le Fils du valeureux Philippe,
Défend à fes Sujets d'adopter ce principe:
Ce Prince ambitieux, qui veut tout envahir,
Qui fe plaint de n'avoir qu'un Monde à conquérir,
Pour conferver, en eux, cette valeur guerriere,
A fes hardis projets vertu fi néceffaire,
Pour leur rendre plus cher le feul métier de Mars,
Leur ôte, avec raifon, le Commerce & les Arts:
Convaincu, néanmoins, des nombreux avantages
Que le premier procure aux Peuples les plus fages,
Parmi les Nations qu'on lui voit affervir,
Il s'applique, d'abord, à le faire fleurir:
Pour fervir d'entrepôt à celui de l'Afie,
De fa main triomphante il fonde Alexandrie,
Opulente Cité, qui, dans fes murs naiffans,
Renferme, fous fes Loix, les plus grands Commerçans!
Comme un jeune palmier, fur un terrein fertile,
On voit s'accroître, en peu, cette fuperbe Ville,
Et fes fiers Citoyens, au fein de la fplendeur,
De ceux de Rome même égaler la grandeur!

COURAGEUX Ptolomée, ô Monarque adorable,
L'Égypte, aux plus beaux jours de ton règne admirable,
Voit, fous un Ciel riant, naître, de toutes parts,
Les plaifirs, doux enfans du Commerce & des Arts!

B

J'apperçois, dans ta Ville, ainſi que dans Athènes,
Les Sciences marcher ſous la pompe des Reines,
Et leur ſceptre, en tes mains, ſe couronnant de fleurs,
Sous ton heureux Empire attirer tous les cœurs.
Ainſi, l'on voit chaque Art, l'on voit chaque Science,
Des bienfaits du Commerce éprouvant l'influence,
S'empreſſer, ſur ſes pas, de briller à la fois,
Pour immortaliſer le règne des grands Rois!

Ton Fils, de tes vertus imitateur fidèle,
Au Commerce ennobli, témoigne un nouveau zèle;
Et pour unir, entr'eux, les bords les plus lointains,
Fait joindre à l'Océan la Mer des Africains :
Sous lui s'élève encor, ſur les plaines de l'Onde,
Ce Phare, mis au rang des Merveilles du Monde,
Aſtre paiſible & doux, qui, ſeul pendant la nuit,
Trace une route ſûre aux vaiſſeaux qu'il conduit :
Célébrez ce grand Roi, Savans de tous les Ages;
C'eſt lui qui, le premier, raſſemblant vos Ouvrages,
Leur conſacre un Palais où tout écrit vanté
Repoſe, empreint du ſceau de l'Immortalité !
Là, tout ami des Arts, en prolongeant ſes veilles,
Vient ſavourer les fruits de vos doctes merveilles,
Et, dans un beau loiſir, loin des profanes yeux,
Entre Homère & Platon, converſe avec les Dieux !
Temple auguſte & ſacré, vrai Temple du Génie,
Quel horrible Démon allume l'Incendie,
Qui, lui ſeul, en un jour, aux yeux de l'Univers,
Dévore avidement tant de tréſors divers ?

Ces fameux monumens, dignes des plus grands Princes,
Du ſage Philadelphe augmentent les Provinces;
Dans ſes vaſtes États, en béniſſant ſes loix,
Trente mille Cités fleuriſſent à la fois,

Trente mille Cités également remplies
De Citoyens heureux, de Familles amies,
Qui trouvent, dans leur Prince, appui de leurs travaux,
L'ame d'un Père unie à celle d'un Héros !
Sa Marine fur-tout, nombreufe & refpectable,
De l'Égypte, en tous lieux, rend le nom formidable,
Et jamais on ne vit un Peuple commerçant
Devenir, tout-à-coup, plus riche & plus puiffant.

ÉVERGÈTE, embrâfé du feu de fon génie,
De même que fon père, honorant l'Induftrie,
Du Commerce & des Arts éclairé Protecteur,
De fon Trône, par eux, augmente la fplendeur,
Si de ces Potentats, dont la main de la Gloire
A confacré les noms aux faftes de l'Hiftoire,
Les faibles Succeffeurs imitant les vertus,
Avaient, par de tels faits, mérité nos tributs ;
S'ils avaient employé les moyens les plus fages
Pour prévenir le Luxe & fes affreux ravages,
Leur Peuple, de nos jours, foumis aux mêmes Loix,
Peut-être, de leur Sang, verrait encor des Rois !

AVANT ceux que j'ai peints, comblé d'autres largeffes,
Pouvait-il du Commerce y joindre les richeffes ?
L'Art, en châteaux ailés, de changer les forêts,
Aux Nations encor dérobait fes fecrets ;
Nul homme audacieux n'avait conçu l'idée
De cet Art que l'on doit aux Pafteurs de Chaldée ;
Le Commerce, avant lui faible & fans mouvement,
Au fein de chaque État expirait en naiffant,

CHANT II.

Rarement fatisfait d'un fort même profpère,
L'Homme n'a qu'un defir, c'eft d'étendre fa fphère,
Et l'Orgueil qui, chez lui, perce dès le berceau,
Vit encor, fur le marbre, aux pieds de fon tombeau,
Le befoin de jouir, celui de tout connoître,
Semblent faire, à l'envi, le tourment de fon être :
Chacun d'eux, tour-à-tour, en cent nouveaux climats,
A travers les dangers précipita fes pas :
Mais quel Démon jaloux, ou quel heureux Génie,
Infpirant aux Mortels le mépris de la vie,
A pu leur confeiller, fur de frèles vaiffeaux,
D'abandonner leurs jours à la merci des flots?

Le premier qui, montant une barque fragile,
Ofa fixer les mers d'un œil fier & tranquille,
Celui qui, le premier, ofa s'y confier,
Sans doute autour du cœur avoit un triple acier.
Mais comment a-t-il pu, fans frémir d'épouvante,
De ces flots menaçans voir la rage écumante,
Et fans mourir foudain, affronter ces écueils,
Qui cachaient, fous fes pas, tant de vaftes cercueils !
C'eft vainement qu'un Dieu, pour féparer les Mondes,
A creufé, de fa main, les abîmes des ondes :
L'Homme qu'emporte, au loin, l'efpoir de s'enrichir,
Au mépris de la foudre, ofe encor les franchir !
Eh! tels font les Humains : trop fûrs de leur difgrace,
Dès que l'Intérêt parle, en vain la Mort menace ;

Pour braver la furie & des vents, & des flots,
L'Océan, par milliers, vomit les Matelots!

DE la plus tendre Mère admirable modèle,
Ifis cherchant, hélas! un fils perdu pour elle,
Après avoir, fans fruit, vifité l'Univers,
Pour le chercher encor, veut traverfer les Mers:
Elle court, elle monte, incertaine, éperdue,
Le premier Bâtiment qui vient frapper fa vue,
Et l'Amour, fur les eaux, lui prêtant fon fecours,
De la rame, d'abord, lui fait fendre leur cours:
Mais ne pouvant fuffire à ce travail fi rude,
Bientôt fes faibles bras tombent de laffitude;
Elle fe lève, alors, cédant à fa douleur,
Arrache de fon front fon voile avec fureur.
O furprife! Soudain cette trame flottante
Emprifonne, des Vents, la troupe mugiffante,
Et fait connaître l'Art d'ajufter aux vaiffeaux
Les aîles qu'Ifis prend pour voler fur les flots!
C'eft ainfi que le Ciel fignalant fa juftice,
A la foible vertu devient, enfin, propice.
O mortels! c'eft ainfi que chaque Art, tour-à-tour,
Naît enfant du Befoin, ou plutôt de l'Amour:
Ainfi, ce Dieu, lui feul, fur une ombre légère,
Découvre, en efquiffant, les traits d'une Bergère,
Cet Art dont les pinceaux, talifmans créateurs,
Font refpirer la toile & parler les couleurs:
Lui feul fait le premier connaître à Polymnie
Le charme des accords, les loix de l'harmonie;
Lui feul, pour une Belle, infpirant fa chanfon,
Fut du premier Amant le premier Apollon!

ARTS, enfans de l'Amour, Arts dont les mains divines,
Sans ceffe de la vie arrachent les épines,

Eh ! ſoyez à jamais le tréſor le plus doux
Qu'il ſoit en ſon pouvoir de répandre ſur nous !
Heureux, cent fois heureux celui qui vous honore,
Qui cultive les biens que vous faites éclore,
Qui, ſous ſon humble toit, éterniſant leurs cours,
Parsème de vos fleurs le cercle de ſes jours :
Vous ſeuls embelliſſez celles de la Jeuneſſe ;
Vous ſeuls en couronnez le front de la Vieilleſſe ;
Et s'il eſt un bonheur pour les faibles Humains,
Ce bonheur eſt, par-tout, l'ouvrage de vos mains !

La Navigation informe à ſa naiſſance,
Ne pouvait du Commerce augmenter la puiſſance.
Le Marin, ſans bouſſole, à peine oſait encor
Abandonner la côte, & prendre un faible eſſor.
Sur le cours incertain des mobiles étoiles,
Sans autre expérience, il dirige ſes voiles,
Et des Gemeaux, ſur-tout, implorant le ſecours,
Préfère leur préſence à l'éclat des beaux jours :
Son Art ſe développe, une active Induſtrie,
Au plus haut point, déjà, porte la Phénicie,
Et du Golfe Perſique aux bornes du Couchant,
Dans ſon rapide vol le Commerce s'étend !
Mais où ſuis-je ? Quel Dieu propice & tutélaire,
Briſant, pour moi, des tems l'éternelle barrière,
M'offre, dans le paſſé qu'il retrace à mes yeux,
Des merveilles de Tyr le ſpectacle pompeux ?
Peuple ſi renommé, quelle magnificence,
Quel éclat impoſant m'annonce ta puiſſance !

(*) Je crois voir, dans ta Ville, un ſuperbe vaiſſeau,
Dont le corps admirable eſt du bois le plus beau :

____

(') Proph. Ezéchiel.

Du plus fin lin d'Égypte on a tiffu fes voiles;
Leur fond pourpre eft femé de brillantes étoiles;
Et l'aiguille, avec art, nuançant les couleurs,
Laiffe courir autour de légers nœuds de fleurs.
Par-tout le même Luxe éclate & s'y déploie;
Ses cordages font d'or, fes pavillons de foie :
On a pris, pour fes mâts, des cèdres du Liban,
Ou des pins orgueilleux des forêts de Bafan :
Les bancs de fes Rameurs font d'ébenne & d'ivoire;
Enfin, ce beau vaiffeau qui te couvre de gloire,
Réunit, en lui feul, les plus rares tréfors
Dont l'Inde & l'Arabie enrichiffent tes bords.
De vulgaires Mortels font peu faits pour conduire,
Et même pour monter ce précieux navire;
Auffi tous tes Marins, favans Navigateurs,
Ont-ils de l'Océan fondé les profondeurs :
Leur intrépidité, leurs brillantes manœuvres,
De l'Art, à fon berceau, font déjà des Chef-d'œuvres.
Les Perfes, ceux d'Arath, devenus tes Soldats,
Vont répandre, pour toi, leur fang dans les combats;
A leurs illuftres Chefs, choifis parmi tes Sages,
Cent Peuples réunis adreffent leurs hommages;
Et pour les admirer accourans dans tes Ports,
Y font, du Monde entier, refluer les tréfors!

En vain Salmanazar, Tyran de Babylone,
D'Amphitrite, fur toi, veut ufurper le Trône;
En vain, dans fes projets, ce Defpote fougueux
Te prépare, déjà, le joug le plus honteux;
Tu fais, en retirant un égal avantage,
De ta noble Induftrie & de ton grand courage,
Lui prouver que jamais le Peuple-Roi des Mers,
Ne fut fait pour ployer & recevoir des fers.

Qu'un autre Conquérant, dans sa rage impuissante,
Porte, au sein de tes murs, la flamme dévorante:
Sur leurs débris fumans je vois la Liberté,
Triompher, à ses yeux, avec plus de fierté:
De son bras tout-puissant l'invincible Neptune
Protège tes vaisseaux & couvre ta fortune.
Mais j'apperçois, déjà, dans un ordre pompeux,
Tes murs se relever sur un bord plus heureux:
Tandis qu'on voit encor cette rive qui fume,
Sous tes anciens foyers que la flamme consume,
Ici, du sein des Mers, sort une autre Cité,
Qui surpasse bientôt la première en beauté.
Cette nouvelle Tyr féconde en Arts utiles,
Devient la Métropole & la Reine des Villes,
Et voit dans l'Univers, seuls arbitres des Loix,
Ses fiers Négocians s'asseoir au rang des Rois!

Peuple n'en doute pas, sans ton Commerce immense,
Elle n'eût point atteint ce degré de puissance:
Sans lui ton sol ingrat, borné dans son circuit,
A peine d'un labour t'offrît le produit.
Qui pourra cependant compter toutes les sources
Où puise ce grand Art qui dirige tes courses?
Qui pourra supputer la somme des trésors
Que répand, chaque jour, le Commerce en tes Ports?
Mais toi-même apprens-nous le secret véritable,
Qui rend, par-tout ailleurs, ta pourpre inimitable;
Fais-nous connaître encor les gains prodigieux
Dont seule elle enrichit tes Ouvriers fameux.
Elèves de Pallas, les Mères, les Épouses,
De briller dans son Art ne font pas moins jalouses,
Et le Chantre d'Achille, en ses Écrits divins,
Daigne même vanter le travail de leurs mains.

Ce fidèle animal dont l'inſtinct admirable
Semble le rapprocher de l'Être raiſonnable,
Cet animal gardien, ſévère & clairvoyant,
Qui pourſuit le Jaloux, qui careſſe l'Amant,
Et ſeul, au moindre geſte, attentif à lui plaire,
Défend ou divertit l'innocente Bergère,
Le Chien, enfin, trouva ce Carmin merveilleux,
Dont l'éclat, dans la pourpre, éblouit tous les yeux,
Sur les bords de la Mer, d'une courſe rapide,
Hercule pourſuivait une Nymphe timide,
Son jeune Chien s'élance & ſautille éperdu,
Autour d'un coquillage à ſes yeux étendu ;
Il l'entr'ouvre ; ſoudain une liqueur pourprine,
De l'animal folâtre empreint chaque narine :
Admirant ce tréſor, Hercule tranſporté,
Vole en faire auſſi-tôt hommage à la Beauté :
Il ramaſſe, avec ſoin, la liqueur précieuſe
Dont il doit, à ſon Chien, la découverte heureuſe,
Et lui-même il en teint, de ſes doigts délicats,
Le voile que la Nymphe étend ſur ſes appas :
Cet ornement lui plaît : la pourpre, à l'inſtant même,
Servant à rehauſſer l'éclat du Diadême,
Voit briller ſa couleur, pour la première fois,
Sur les plis ondoyans du long manteau des Rois.

O vous qui deſirez, dans cet Art que je chante,
Vous élever d'une aîle & rapide & brillante,
Apprenez qu'il n'a point de ſi profonds ſecrets,
Dont la Beauté n'ait droit d'aſſurer le ſuccès :
Artiſtes, ſongez tous, pour voler ſur ſes traces,
Conſulter le Génie & plus encor les Graces,
Que leur ſexe enchanteur qui domine ſur-tout,
Tient, lui ſeul, en ſes mains, l'heureux ſceptre du Goût !

Mais le Peuple de Tyr, que le befoin éclaire,
Trouve encor ce bel Art, cet Art fi néceffaire,
Qui nous fait, à l'abri du foleil & des vents,
Multiplier le jour par des corps tranfparens.
Déjà la Volupté des mains de l'Induftrie,
Recevant, avec grace, une coupe remplie,
Aime à voir, à grands flots, au travers du Cryftal,
Mouffer & pétiller un nectar fans égal.
Ce Peuple, vers le Tage, en dirigeant fa courfe,
Des plus riches métaux découvre auffi la fource,
Et court, non moins ardent, décupler fes tréfors,
Par l'étain qu'Albion recèle fur fes bords.

Dès qu'un Peuple économe, étendant fa carrière,
A faifi du Commerce une branche première,
Cent exemples pareils nous prouvent, chaque jour,
Que des autres bientôt il eft maître à fon tour.
Jaloux de l'emporter, d'avoir la préférence,
Il attaque, il combat, détruit la concurrence;
Et feul heureux Vainqueur, par fes brillans travaux,
Difperfe, & loin de lui fait fuir tous fes Rivaux:
Ainfi, nous voyons Tyr, Reine toujours féconde,
Multiplier les biens de la terre & de l'onde;
Et du haut de fon Trône, élevé fur les Mers,
Répandre, à pleines mains, ces biens fur l'Univers!

O toi qui d'Ifraël gouvernes l'Héritage,
Qui, feul, de tous fes Rois, obtiens le nom de Sage,
Vainement, pour lui rendre un culte folemnel,
Tu brûles d'élever un Temple à l'Éternel,
Un Temple qui réponde à la Majefté Sainte,
Du Dieu qui doit régner dans fon augufte enceinte,
Ton Pays trop ingrat, & ton Peuple ignorant,
Combattent le projet d'un auffi beau monument:

Mais, pour l'exécuter, ton Peuple en Phénicie,
Court de fes Habitans réclamer l'Induftrie;
Et grace à leur fecours, à leur activité,
Ce Temple eft, tout-à-coup, à fon comble porté;
Mon œil eft ébloui de fa magnificence;
Par-tout je vois briller, dans fon enceinte immenfe,
Ces métaux précieux que les flottes de Tyr
Recueillent fur les bords de Tharfis & d'Ophir.

LA faible Nation que Dieu s'était choifie
Pour modèle, à fon tour, prenant la Phénicie,
S'efforce, à la grandeur de cet État voifin,
Par le Commerce auffi de s'ouvrir un chemin;
Mais fa Religion, en tout point exclufive,
L'enchaîne & la condamne à demeurer oifive,
En lui faifant haïr cet efprit tolérant,
La première vertu d'un Peuple commerçant.

JALOUSE d'augmenter fes nombreufes reffources,
Et de fe ménager des abris dans fes courfes,
Tyr a déjà fondé plus d'un fameux Comptoir,
Dont le brillant fuccès couronne fon efpoir.
Vers les bords, où ce fils du Maître du Tonnerre
Vint pofer, en Vainqueur, les bornes de la Terre,
Fleurit déjà Cadix, Cadix qui tient encor
Le haut rang qu'elle a pris dès fon premier effor.
Mais que vois-je? & quelle eft cette Ville fi fière,
Qui paraît, en naiffant, Rivale de fa Mère,
Qui va même bientôt furpaffer, à fon tour,
Cette fuperbe Tyr dont elle tient le jour?
Son but eft, fur les Mers, de régner fans partage;
Rome le voit, frémit, & reconnaît Carthage,
Carthage, qui prétend & lui donner des fers,
Et feule avoir le droit d'affervir l'Univers!

Des Romains, en effet, renverfant la puiffance,
Son Peuple, en fa faveur, eût fixé la balance;
Il eût, régnant encor par le pouvoir des Arts,
Prévenu, dans fon vol, l'Aigle des fiers Céfars :
Des fources du Commerce, actif Dépofitaire,
Lui feul aurait, enfin, foumis toute la Terre,
Si fon Gouvernement informe & vicieux,
N'avait détruit, d'ailleurs, tant de moyens heureux.

Au-dela de ces Mers qu'il découvre & traverfe,
Un Peuple trop jaloux de porter fon Commerce,
S'il ne joint à cet Art celui de conferver,
Court fouvent à fa perte en croyant s'élever.
Le feul moyen encor pour éviter la guerre,
C'eft d'être toujours prêt à lancer fon tonnerre,
Guidé par cette audace & cette activité,
Infaillibles garans d'un fuccès mérité,
L'exemple de Corinthe & celui de Corcyre,
Sur ce point capital, fuffit pour nous inftruire.

Ces fameufes Cités qu'on voit également
Soutenir, dans la Grèce, un rôle fi brillant,
Sans nourrir les vertus & de Sparte & d'Athènes,
Paraiffent éclipfer ces Villes Souveraines :
Mais jaloux, tour-à-tour, de s'impofer la loi,
Leurs Peuples fans milice, & fans mœurs & fans foi,
Entraînés par l'efprit d'un avide Commerce,
Après avoir long-temps fléchi devant la Perfe,
Après avoir fubi le joug de leurs voifins,
Finiffent par ramper fous celui des Romains.

Pour défendre fes murs, ainfi que fes richeffes,
Si Carthage eût muni fon fol de fortereffes;
Si, dans fon propre fein, choififfant fes Guerriers,
Elle eût de la Valeur honoré les lauriers;

Si chaffant, en un mot, ces Troupes étrangères,
Vils Peuples d'Affaffins, de lâches Mercénaires,
Qui n'ont point de Patrie, & font communément
Le fléau des États qui marchandent leur fang,
Dès fa première guerre, à Rome plus fatale,
Carthage n'aurait vu, dans fa faible Rivale,
Qu'un ramas de Bandits & de Tyrans pervers,
Dont elle eût aifément purgé cet Univers.
Mais ne déguifons rien : Vils enfans de Carthage,
Peuple avide & jaloux, Peuple né fans courage,
Allié dangereux & Vainqueur infolent,
Tu n'es, dans le malheur, qu'un Efclave rampant !
L'avare foif de l'or, l'Intérêt homicide,
Eft ton feul guide affreux, ô Peuple trop perfide !
Qui, mettant, fans rougir, la vertu même à prix,
Pour le gain le plus bas, vends ton propre pays !

Peux-tu donc ignorer, ô Nation perverfe !
Que la droiture intacte eft l'ame du Commerce,
Que l'honneur eft, lui feul, fon premier point d'appui,
Que, s'il vient à manquer, tout s'écroule avec lui ?
Ouvre les yeux ; regarde : avant toi Syracufe
Veut fonder fon pouvoir fur la fraude & la rufe,
Rome qu'indigne, enfin, l'excès de tant d'abus,
Rome s'arme, & déjà Syracufe n'eft plus !
Pouffé par l'Intérêt, des Côtes de l'Afrique,
Vainement du Cancer tu braves le tropique ;
Vainement je te vois des bords du Pont-Euxin,
Au détroit de Cadix te frayer un chemin,
Et paffer, comme un trait, des rives de l'Épire,
Vers ces climats glacés où le Picte refpire :
Crois-tu donc que cet or que ta cupidité
Te fait faifir, par-tout, avec avidité,

Peut, lui feul, enfermé dans tes vaftes murailles,
Et fauver tes foyers & gagner des batailles?
Apprends de moi qu'il eft d'autres remparts plus fûrs,
Pour défendre, à la fois, ton Commerce & tes murs:
Apprends que l'Équité févère, inaltérable,
Eft & fera toujours la bâfe inébranlable,
D'un Peuple plus jaloux de fe bien gouverner,
Sur l'Univers foumis, qu'envieux de régner.

AMILCAR & le fils fi digne d'un tel père,
Ne fauroient-ils changer ton affreux caractère?
Peuple né pour le joug, quelle eft donc ton erreur?
Quoi! tu veux conquérir & tu manques de cœur!
Avant, fur tes voifins, que de rien entreprendre,
Pourvois à ton falut, & fonge à te défendre.....
Mais non, & je te vois tendre humblement les mains
Aux fers que fous tes yeux ont forgé les Romains;
De celles d'Annibal, qui fe couvre de gloire,
Ton infâme avarice arrache la victoire:
Tu crains de feconder fon généreux effor;
L'amour de ton Pays t'eft moins cher que ton or;
Plutôt que d'en diftraire une faible partie,
Tu préfères, barbare, à perdre ta Patrie!
Ta Patrie? En eft-il pour le Peuple abhorré,
Chez qui l'honneur n'eft pas le bien le plus facré?
Du poids de fon orgueil Rome entière t'accable,
Tu conclus avec elle une Paix méprifable,
Et lorfqu'il faut payer le tribut aux Vainqueurs,
Tu n'as pas honte, ô Ciel! de répandre des pleurs!

« IL fallait, Peuple ingrat, laiffer couler ces larmes,
» Alors qu'on te prenait tes vaiffeaux & tes armes,
» Alors qu'un Ennemi fuperbe & triomphant,
» Déployant, contre Toi, les droits d'un Conquérant,

» Osait te dépouiller de ces marques de gloire,
» Dont on vit autrefois t'honorer la Victoire,
» Alors qu'il t'enlevait ces étendarts Romains,
» Ces aigles, ces faisceaux arrachés de ses mains :
» Sans doute tu pouvais, sans honte & sans faiblesse,
» Te livrer, en public, au deuil, à la tristesse,
» Alors qu'on dégradait tes Soldats avilis,
» Qu'on les exposait nuds aux trop justes mépris
» D'un Peuple qui, toujours balançant ta puissance,
» Savait humilier ton altière arrogance. »

AINSI parle Annibal, & ces Carthaginois,
Aussi-tôt, contre lui, lèvent le fer des Loix :
Eux-mêmes, sans pudeur, eux-mêmes, jusqu'à Rome,
Courent, en plein Sénat, accuser ce Grand Homme :
Il ose, à ces Ingrats, & tracer leur devoir,
Et de la Vérité présenter le miroir,
Et ce même Héros, qui, par son grand courage,
Fait trembler l'Italie au seul nom de Carthage,
Est sur le point de voir, pour prix de ses travaux,
Tous ses lauriers flétris par d'infâmes Bourreaux !
Frémis ! Par le poison que lui-même il avale,
Il t'échappe, Carthage, ainsi qu'à ta Rivale ;
Mais l'instant où la Mort s'empare de son sein,
Est celui qu'à ta perte a manqué le destin !

QUEL odieux Génie, affreuse République,
Sur un livre de fer traça ta Politique ?
Les services rendus par tes Libérateurs,
Sont, dans ton lâche esprit, autant d'Accusateurs,
Qui tous leur font payer, tôt ou tard, de la vie,
Le dangereux honneur de t'avoir bien servie !

BRULANT Patriotisme, ame des grands moyens,
Que pouvaient contre Toi d'aussi vils Citoyens ?

Abjurant, mais trop tard, l'esprit qui les domine,
Ils pensent reculer l'instant de leur ruine.
Le Vaillant Scipion, dans sa course emporté,
S'avance, sous leurs murs, d'un pas précipité.
Prodige inattendu! L'Amour de la Patrie
Se réveille, soudain, dans leur ame flétrie;
Cet Amour, tout-à-coup, animant ses travaux,
Fait de ce Peuple lâche, un Peuple de Héros!
Je les vois, sous ses yeux, enfanter des miracles,
Braver tous les dangers, vaincre tous les obstacles,
Et par lui seul instruits Ouvriers diligens,
Multiplier leurs bras dans ces derniers momens.
Rome leur a tout pris, mais cet Amour leur reste!
Déjà moins allarmé du sort le plus funeste,
Le Vieillard que pénètre une subite ardeur,
Sous le casque de Mars retrouve sa vigueur.
L'opulent Citoyen, plein du feu qui le presse,
Pour hâter les travaux foule aux pieds la mollesse:
L'Enfant même publiant & son âge & sesjeux,
Court servir les Guerriers, & se mêle avec eux.
On se presse, on s'anime, & le Sexe lui-même,
Le Sexe audacieux, dans ce péril extrême,
Dédaignant jusqu'au prix offert à ses appas,
Prétend ne le devoir qu'aux efforts de son bras!
Plus d'une femme aussi, pour filer un cordage,
Fait, sous sa propre main, tomber avec courage
Ces longs cheveux flottans, trésor le plus vanté,
Dont la Nature orna le front de la Beauté.
Tant d'efforts généreux qu'on aura peine à croire,
Ne sauraient, dans leurs murs, retenir la Victoire;
C'est en vain qu'à leur chûte ils osent s'opposer;
Rome a lancé le poids qui va les écraser.

D'APRÈS

D'APRÈS ſes mœurs, hélas! qui croirait que Carthage
Ait à l'Agriculture offert un libre hommage?
Qui croirait qu'en ſon ſein l'État du Laboureur,
Du premier rang toujours ait obtenu l'honneur?
Eh quoi! la Nation & perfide & féroce,
Qui fit de la Vertu l'objet d'un vil négoce,
Eût-elle dû chérir cet Art ſi précieux,
Le plus digne, en effet, d'un Peuple vertueux?
Profond Légiſlateur, & Guerrier reſpectable,
O généreux Hannon! ô Mortel admirable!
C'eſt Toi qui, le premier, dans tes ſavans Écrits,
'A tes Concitoyens *daigna* vanter ſon prix:
Heureux, ſi ton grand cœur, ta ſage politique,
Eût toujours, après toi, guidé ta République:
On n'eût certainement jamais vu les Romains,
Seulement, dans ſes mers, oſer tremper leurs mains (*)!

____

(*) Expreſſions dont ſe ſervirent les Carthaginois dans la défenſe
qu'ils osèrent faire aux Romains de paraître ſur leurs Côtes.

C

CHANT III.

Aux Vainqueurs de Carthage & de toute la Terre,
Le Commerce, fans doute, était peu fait pour plaire.
Un Peuple deftructeur qui courrait à la fois
Envahir leurs États & dépofer les Rois,
Pouvait-il, enflammé de l'amour feul des Armes,
D'un Art paifible & doux lui préférer les charmes?
Sans ceffe des Combats recherchant les horreurs,
Rome ne fut qu'un Camp jufqu'à fes Empereurs.

Mais l'Efprit de Conquête, & l'Efprit du Commerce,
Tous les deux de nature abfolument diverfe,
Tous deux faits, dans leur but, pour fe contrarier,
Ne fauraient, chez un Peuple, enfemble s'allier.
L'impétueux defir de franchir fes limites,
D'étendre fon pouvoir hors des bornes prefcrites,
Exclud prefque toujours, chez une Nation,
L'Efprit trop rare, hélas! de confervation.
Tout Peuple conquérant, lorfqu'il ceffe de l'être,
Tombe, & ne tarde pas à ramper fous un Maître.
Le Commerce, content du fol qu'il enrichit,
Cherche à le conferver; c'eft là tout fon efprit.
Conftamment renfermé dans fes propres barrières,
Il fait, de fes voifins, refpecter les frontières,
Et ne veut qu'en tout téms, fur fes nobles remparts,
Voir de la Liberté, flotter les Étendarts?

Rome, au lieu de céder à cette politique,
Au lieu de gouverner en fage République

Un Peuple modéré, juste & laborieux,
De fonder sa grandeur sur un Commerce heureux,
Et par de saintes Loix où la bonté respire,
De faire, au Monde entier, adorer son empire,
Rome ose imaginer qu'il est cent fois plus beau,
D'être de l'Univers le barbare fléau,
De porter, en tous lieux, les horreurs de la guerre,
Par des meurtres sans fin de désoler la Terre,
Des Peuples Commerçans de piller les trésors,
Que d'attirer, comme Eux, l'Industrie en ses Ports :
Mais pour ravir, hélas ! ces fatales richesses,
Que de noirs attentats ! que de scélératesses !
Et voilà les vertus qu'on ose nous vanter,
Le Peuple qu'on voudrait nous forcer d'imiter !
Par l'échange des Arts, des bienfaits, des lumières,
Que ne s'attachait-il les Nations entières ?
C'est à ce titre seul qu'un Peuple aimé du Ciel,
Doit prétendre obtenir l'Empire universel !
Non : Rome, dans l'espoir dont son orgueil se berce,
Loin de ses murs sanglans, repousse le Commerce :
Rien n'eût pu l'empêcher d'embrasser, à la fois,
Celui de Syracuse & des Carthaginois :
De cet Art bienfaisant, pour asservir le Monde,
Elle-même avilit la science profonde,
Et ne s'occupe, au plus, dans ces malheureux tems,
Qu'à procurer des grains à ses seuls Habitans.

Le Commerce que Rome abandonne aux Esclaves,
N'offrant aux Citoyens que d'indignes entraves,
On les voit, la plupart, comme un prix mérité,
Parmi leurs titres vains compter l'oisiveté :
Vice affreux, qui, lui seul, enfante ces cabales,
Ces partis opposés & ces brigues rivales,

Qui toujours divifant Tribuns, Peuple & Sénat,
Au plus cruel défordre expofent tout l'État:
De cette mème fource, en crimes trop féconde,
Rejailliffent ces maux dont l'atteinte profonde,
Pénétrant, chaque jour, plus avant dans fon fein,
Hâte l'inflant fatal de fon dernier deftin:
Le Commerce eût, lui feul, diffipé les nuages
Qui portaient, dans leurs flancs, ces terribles orages;
Lui feul eût, de la main des Plaifirs deftructeurs,
Sauvé, par le Travail, le dépôt de fes Mœurs.

MAIS, alors, dans le Pont, le puiffant Mithridate
Étend, déjà, le fien au-delà de l'Euphrate,
Et pendant quarante ans, avec fon feul appui,
Force Rome elle-mème à trembler devant lui!
Vainement, pour borner le cours de fes Conquêtes,
Elle exerce, à grands frais, des troupes toujours prêtes,
Mithridate, fans ceffe armé de fa vertu,
Eft fouvent accablé, mais jamais vaincu!
Il eût même chaffé ce Peuple de l'Afie,
Lui feul, entièrement, il l'aurait affervie,
Si, pour mieux le combattre, il eût, dans fes États,
Ainfi que ceux de Rome, élevé fes Soldats.
Un autre vice encor, que le Sage remarque,
Dans les hardis projets de ce jaloux Monarque,
C'eft d'avoir trop fouvent, & contre la raifon,
Sacrifié la Paix à fon ambition.

RIVALE de ce Roi par fon Commerce immenfe,
Rhode eft l'écueil où vient fe brifer fa puiffance:
Ses Peuples, enrichis des dépouilles de Tyr,
Contre lui, par la force, ont fu les garantir.
Ne nous dis plus, Orgueil, que l'Efprit Mercantile
Abaiffe le courage, & rend l'ame fervile,

Les Habitans de Rhode, attaqués par deux fois,
Deux fois font échouer les deux plus puiſſans Rois:
De leurs murs aſſiégés tous prennent la défenſe,
Et prouvent, par les coups que porte leur vaillance,
Que l'on peut, à l'Olive uniſſant le Laurier,
Être, tout à la fois, Commerçant & Guerrier.
Leur Marine, ſur-tout, redoutable & ſavante,
Chez leurs Voiſins jaloux, sème, au loin, l'épouvante;
En toute occaſion, bravant leurs vains efforts,
Elle rentre, en triomphe, au milieu de ſes Ports.
Synope ſecourue, échappe à l'eſclavage;
Antigone, à ſon tour, éprouve ſon courage,
Et Rome, qui la voit ſeconder ſes projets,
Remporte, ſur ſes pas, les plus brillans ſuccès.
Cette illuſtre Marine, appui d'un grand Commerce,
Par les jeux qu'elle invente, & s'inſtruit & s'exerce;
L'image des Combats, même au ſein du repos,
Vient toujours ſe mêler aux plaiſirs des Héros.
Rhode forme, pour elle, un Code Maritime,
Qui jouit, chez les Grecs, de la plus haute eſtime,
Code que les Romains n'ont pas craint d'adopter,
Et que, même aujourd'hui, nous daignons conſulter.

O Rois qui deſirez, par l'active Induſtrie,
Donner à vos États une nouvelle vie,
Songez que le Commerce, au-deſſus des revers,
Eſt celui qui commande à l'Empire des Mers.
Le Trident de Neptune, eſt le Sceptre du Monde (*)
Que cette Vérité ſi juſte & ſi profonde,
En tous lieux retracée à nos Navigateurs,
Soit empreinte, à jamais, dans le fond de vos cœurs!

____

(*) *Vers de M. Lemierre.*

RHODE, fur l'Univers, du milieu de l'Afie,
Règne par fa Marine & par fon Induftrie,
Et riche de leurs biens, qu'elle a multipliés,
Compte Rome elle-même entre fes Alliés.
Pénétrant mal l'Efprit de cette République,
Elle connut, trop tard, fa fourde politique;
Que de tous les chemins prenant le plus obfcur,
Avait, comme une mine, un effet toujours fûr.
Habile à déguifer la fière Ufurpatrice,
Sous le modefte nom de fimple Protectrice,
Sait lui cacher la honte & le poids de ces fers,
Qu'elle forge pour elle & pour tout l'Univers.
Dès l'inftant qu'elle voit fes mefures certaines,
Elle ceffe, auffi-tôt, de lui dorer fes chaînes;
Et Rhode vainement livrée au défefpoir,
A fubi l'efclavage avant de le prévoir.
Déjà fes Habitans énervés de molleffe,
Ainfi que leur puiffance, ont perdu leur fageffe,
Et n'offrent plus qu'un Peuple infame dans fes Mœurs,
Qui fait même excufer jufqu'à fes Oppreffeurs!
Ainfi, l'on voit toujours les richeffes avares,
Enfanter, à la fois, tous les vices barbares,
Sur-tout quand elles font le fruit trop odieux,
De l'audace, du crime, & d'un pillage affreux.
Jamais tous les tréfors que, par fon Induftrie,
Entaffe un Peuple actif, en fervant fa Patrie,
Ne pourront, confervés fous les yeux du Travail,
Traîner de tant de maux le funefte attirail.

MAIS, déjà, Rome en proie aux Guerres inteftines,
Trop jufte châtiment de fes longues rapines,
Voit auffi, par le fer & les affaffinats,
La Difcorde, en fureur, déchirer fes États.

Pour défendre, tous deux, leur grandeur ufurpée,
Je vois combattre, enfemble, & Céfar & Pompée.
L'Amant de Cléopâtre abandonne fon Char,
Pour difputer le Monde au Neveu de Céfar :
Le fang, à gros bouillons, de tout côté ruiffelle;
Sur fa bafe ébranlé, cet Univers chancelle :
Une horrible Furie aiguifant leurs coûteaux,
Livre le Genre Humain à trois Monftres rivaux.
Cette immenfe Cité, la première du Monde,
N'eft plus qu'une forêt ténébreufe & profonde,
Où l'on voit, fans pitié, de lâches Affaffins,
Maffacrer les Paffans qui tombent dans leurs mains.
Ivres d'ambition, de débauche & de rage,
Lepide, Antoine, Octave irritant le carnage,
Font, enfemble, au milieu des Bourreaux & des cris,
Un vil trafic du fang des malheureux profcrits :
Sur leurs pas l'Avarice & l'infame Licence,
La Haine, la Fureur, l'implacable Vengeance,
Du dernier Citoyen flétriffant jufqu'au nom,
Le feul qui refte, hélas ! meurt avec Cicéron !

O Toi qui devais naître aux plus beaux jours d'Athènes,
Oracle du Barreau, Rival de Démofthènes,
Toi qui me ferais, feul, oublier les forfaits
De trois Monftres livrés aux plus honteux excès,
S'ils avaient, de ta mort, pu s'épargner le crime;
Interprête des Dieux, Philofophe fublime,
Illuftre Cicéron, fouffre qu'en ces momens
Je brûle, fur ta tombe, un léger grain d'encens.
Sitôt que la Raifon, chez moi, vint à paraître,
Infpiré par le Ciel, je t'ai choifi pour Maître :
Chaque jour pénétré de leur vive chaleur,
Au feu de tes Ecrits s'eft épuré mon cœur.

Si même, en moissonnant les fleurs de la Jeunesse,
Il cultivait déjà des fruits pour la Vieillesse,
Si ce cœur n'a jamais repoussé la Pitié,
S'il chérit les douceurs d'une tendre amitié,
Si cherchant, en un mot, son bonheur en lui-même,
La Loi qu'il tient des Dieux est sa règle suprême;
Que, sans cesse, en mes Vers, l'honneur t'en soit rendu:
Je ne dois qu'à Toi seul mon goût pour la vertu!
On sent, toutes les fois que tu nous peins ses charmes,
Doucement, de ses yeux, s'échapper quelques larmes:
Tes Écrits ont, enfin, un charme si flatteur,
Qu'on ne les lit jamais sans devenir meilleur!
Par un style, à la fois, brûlant & plein de graces,
Tel *Rousseau*, de nos jours, en marchant sur tes traces,
A l'Art d'intéresser joint celui d'attendrir;
Les autres, quand il peint, ne font que discourir!
Philosophes profonds, votre mâle éloquence
Embrase également la froide indifférence,
Et lui communiquant vos sublimes ardeurs,
Vous rend Maîtres, tous deux, des Esprits & des Cœurs!

O digne Cicéron! au péril de ta vie,
Que te sert-il, hélas! de sauver ta Patrie?
Nouveaux Catilinas, trois infames Brigands,
Pour se la partager, ont déchiré ses flancs!
Mais quoi! la Liberté tombe, expire dans Rome,
Et le pouvoir suprême est aux mains d'un seul Homme!

Un Sybarite, un lâche, un indigne oppresseur,
Règne, enfin, le premier, sous le nom d'Empereur;
Et ce Peuple si fier, qui ne veut point de Maître,
Lui qui court immoler César, qui prétend l'être,
Lui qui foule à ses pieds les Couronnes des Rois,
Ce Peuple adopte Octave & reconnaît ses Loix!

Par quelle politique admirable & profonde,
Se maintient-il en paix fur le Trône du Monde?
Octave, Triumvir, avait, par mille horreurs,
De fon ambition fignalé les fureurs;
Dès qu'elle eft fatisfaite, Augufte fur le Trône,
De l'éclat des Vertus embellit fa Couronne,
Et Rome, à fes genoux, n'apperçoit plus en lui
Que fon Libérateur, fon père & fon appui!

SITÔT qu'elle refpire, à fa voix l'Induftrie,
Sur un Char éclatant, vole vers l'Italie;
Et le Commerce actif, déployant fes tréfors,
Suit les pas du Vainqueur qui le fixe en fes Ports.
L'Afrique, dans leur fein, l'Égypte & la Sicile,
Verfent, de leurs moiffons, le tribut plus fertile:
Rome, alors, n'offre plus à fes Cultivateurs
Que des champs deftinés à fe couvrir de fleurs.
Mais cette faute, hélas! terrible & capitale,
Par fois, à fes enfans, ne fut que trop fatale!
Quand les fougueux Autans, foufflant tous à la fois,
Aux Côtes de l'Afrique, enchaînaient leurs Convois,
Quand la faifon brûlante & fertile en naufrages,
Soulevait cette Mer qui baigne leurs rivages,
Souvent on les voyait, attendant leurs Vaiffeaux,
De l'horrible Famine éprouver tous les maux.

PEUPLE voluptueux, digne de ta misère,
Par le coupable emploi que tu fais de la Terre,
Que ne dévores-tu, pour appaifer ta faim,
Ces miférables fleurs dont tu charges ton fein?
Qu'eft devenu ce tems où, fier de ta rudeffe,
Tu chaffais de tes murs le Luxe & la Molleffe,
Ce tems fi court, hélas! où le vœu du Sénat
Appellait *Quintius* du Soc au Confulat?

Tu chériſſais, alors, avec l'Agriculture,
La douce auſtérité des Mœurs de la Nature;
Et les riches moiſſons dont ſe couvraient tes champs,
S'augmentaient, chaque jour, ainſi que tes enfans :
Chaque jour, au milieu des tranſports d'allégreſſe,
L'Hymen, paré de fleurs, couronnait leur tendreſſe :
On le voit, ſans efforts, multiplier ſes nœuds,
Par-tout où deux Amans ſont certains d'être heureux !
Telle était la Vertu, la Science profonde,
Qui te devait, ô Rome ! aſſujettir le Monde :
N'eût-il pas mieux valu le nourrir de ton ſein,
Que de le dépeupler par le fer aſſaſſin ?

O ſages Nations ! s'il eſt un bien ſuprême,
Cherchez-le dans cet Art qu'inventa Triptolème;
Sans cet Art le Commerce, appui toujours trompeur,
N'eſt, de tous les fléaux, que le plus deſtructeur :
L'État, qui, dans ſes Ports, fait circuler l'Aiſance,
Qui, pour tous ſes beſoins, ſemant en abondance,
D'aucun de ſes Voiſins n'eſt jamais dépendant,
Eſt, lui ſeul, plus qu'eux tous, vraiment riche & puiſſant :
Qu'importent les tréſors que peut ta politique,
Faire couler, ſur nous, du ſein de l'Amérique,
Mortel, auprès des Rois, par le Ciel appellé;
La mine la plus riche eſt un beau champ de blé.

CEPENDANT, les Romains, vers les rives du Gange,
Établiſſent, d'abord, un Commerce d'échange,
Qui, devenu bientôt comme un gouffre effrayant,
Sans contenter leur Luxe, abſorbe leur argent.
Tel encor, de nos jours, ce perfide Commerce,
Tarit tous les flots d'or que notre Europe y verſe !
La Grèce eſt, à l'abri du Trône des Céſars,
Et l'heureux Sanctuaire, & l'École des Arts :

La Gaule, également foumife à l'Italie,
Par de plus nobles nœuds avec elle fe lie :
L'or circule à grands flots; toutes les Nations
Ont doublé la valeur de leurs productions :
Le Commerce triomphe; Auguste l'encourage,
Relève, pour lui feul, & Corinthe & Carthage,
Il fait, des bords du fleuve où tomba Phaëton,
Jufqu'aux bouches du Nil, voler fon Pavillon :
Ce Vainqueur d'Actium, fous fes flottes nombreufes,
Voit Neptune applanir les Mers moins orageufes,
Et Rome, avec fierté, dominant fur ces Mers,
Être le point central de ce vafte Univers !

Dès qu'elle en eft Maîtreffe, à l'efprit des Conquêtes,
Elle fait fuccéder les Plaifirs & les Fétes,
Et court, les fers aux mains, chanter la Volupté,
Jufqu'aux lieux où, jadis, tonnait la Liberté !
Mais les Vices, alors, qui, nés de l'Efclavage,
Des Mortels avilis étouffent le courage :
Sous le voile des Jeux, fe gliffant fur fes pas,
Comme une pefte horrible, infectent fes États.
Dès que ces fiers Romains, nourris dans les allarmes,
Eurent perdu leur goût pour le Métier des armes,
On vit inceffamment ce Peuple de Héros,
Sans honte, fe livrer au plus lâche repos.
La Débauche cruelle & fes plaifirs infames,
De leurs germes brûlans empoifonnent leurs ames :
Le Vice, dépouillé de fon Mafque hideux,
Triomphe, dans leurs murs, & lui feul eft heureux :
On le voit hardiment de la Vertu qu'il chaffe,
Prendre les attributs pour fe mettre à fa place,
Et le front couronné des plus brillantes fleurs,
Monter au Capitole entouré de Licteurs.

Des États confondus les bornes renverſées,
La Fourbe & l'Avarice en tous lieux encenſées,
Un Peuple qui ſe rit & des loix & des Dieux,
Tel eſt celui qu'Horace offre, alors, à nos yeux!

Mais, hélas! qui pourra nous tracer la peinture
Des déſordres ſanglans & des maux ſans meſure,
Chaque jour enfantés par tous ces Empereurs,
Du barbare Néron trop dignes Succeſſeurs?
C'eſt en vain que Titus, Trajan & Marc-Aurèle,
S'efforcent d'étayer l'Empire qui chancelle,
En rendant leur antique & leur premier éclat
Aux Mœurs, qui ſont l'appui le plus ſûr d'un État:
Vainement, ſur le Trône, à leur culte fidèle,
Antonin eſt des Dieux le plus parfait modèle.
Pour un Prince adoré qui régna par les loix,
Qui fut l'amour des Siens & l'exemple des Rois,
Il en eſt vingt couverts de l'éternelle honte,
Que la Poſtérité qui leur fait rendre compte,
Qui les flétrit, ſans crainte, aux yeux de l'Univers,
Imprime ſur le front de tout homme pervers!

Auprès d'eux, tour-à-tour, la Molleſſe perfide,
Enchaînant, des Plaiſirs, le cortège homicide,
Vers leur rapide chûte entraîne les États,
De ces Monſtres aſſis au rang des Potentats.
Tandis que chacun d'Eux, eſclave ſur le Trône,
S'endort, comme accablé du poids de ſa Couronne,
L'avare Ambition, qui veille nuit & jour,
Des Peuples qu'elle opprime eſt l'infame Vautour:
On voit de vils Sujets, audacieux Miniſtres,
Étendre, au loin, leurs mains & leurs regards ſiniſtres:
Vampires affamés, on les voit ſans remords,
De l'Empire épuiſé dévorer les tréſors.

Qui voudra se charger du soin de sa vengeance ?
En bravant hautement leur altière arrogance ,
Quel Citoyen encore assez juste, assez grand,
Osera s'exposer à leur ressentiment ?
Il ne s'en trouve point dans un Pays d'entraves,
Le règne des Tyrans est celui des Esclaves !

C'est sous un pareil règne, & dans ces lieux affreux,
Qu'on n'éprouve jamais un élan généreux ;
C'est sous leur joug encor que toute ame flétrie
Ne saurait, d'un soupir, honorer la Patrie,
Et que tout Scélérat, le poignard à la main,
Court, vole à la fortune avec un front d'airain :
L'or seul, en sa faveur, armant la Violence,
Fait craindre à l'Opprimé de rompre le silence :
De la Justice, en vain, il réclame l'appui ;
Dans ces siècles de fer, elle est sourde pour lui.
Que dis-je ? L'Avarice, obscure Mercénaire,
Occupe de Thémis le divin Sanctuaire ;
C'est là que, sans pudeur, exalté sous le dais,
Ce Monstre, au plus offrant, débite ses arréts.
Plus de loix, plus de mœurs : l'odieuse Licence,
Par-tout, le front levé, marche avec l'Impudence,
Et Rome rougit moins d'avoir pris cet essor,
Que de n'en pouvoir prendre un plus infame encor !
Dès qu'une fois le crime a franchi la barrière,
C'est à pas de Géant qu'il parcourt sa carrière :
Il s'élance ; & toujours pressé de parvenir,
Vole à l'impunité qu'il espère obtenir :
Mais, las de tant d'horreurs, le Ciel, dans sa vengeance,
De l'Empire affaissé presse la décadence,
Et ce Colosse, enfin, ébranlé tant de fois,
S'écroule, tout-à-coup, sous son énorme poids !

'Ainſi que des torrens échappés des Montagnes,
Les Barbares du Nord inondans leurs campagnes,
Fondent, de tout côté, ſur ces lâches Romains,
Et démembrent l'Empire arraché de leurs mains !

D'un Politique aigri, la plume, en vain, s'exerce,
De ces malheurs affreux à charger le Commerce;
Non, non, jamais cet Art, ami de la Vertu,
N'a fait, d'un Peuple ſage, un Peuple corrompu.
Lorſque ce dernier court, par un ſentier qui gliſſe,
Vers le terme effrayant où l'entraîne le vice,
Nous n'en ſaurions douter, c'eſt le défaut des Loix,
Et plus ſouvent, hélas! c'eſt la faute des Rois !

Forcés d'abandonner Rome & ſon Territoire,
Le Commerce & les Arts, toujours couverts de gloire,
Par d'autres Nations, dans la ſuite accueillis,
N'en prouvèrent que mieux leur ſageſſe & leur prix.

De l'aiſance publique, en fécondant les ſources,
Sans ceſſe en leur offrant de nouvelles reſſources,
Ainſi chez les Anciens le Commerce brillant,
Étendit ſon Empire à jamais floriſſant,
Et des Peuples divers recevant les hommages,
S'accrut & s'éleva ſur les débris des âges.
Au milieu de nos champs, prenant un libre eſſor,
Tel on voit, chaque jour, un arbre jeune encor,
S'affermir ſur ſa baſe, & de ſa tête altière,
Couvrant, avec orgueil, une contrée entière,
A ſes Cultivateurs, de ſes dons, réjouis,
Prodiguer, à la fois, & ſon ombre & ſes fruits.

(*) Sous mon paiſible toit, libre d'inquiétude,
Je compoſais ces Vers, doux fruit de mon étude,

(*) *Epoque Nationale.*

Dans le temps qu'un Héros, digne du sang de Crillon,
Domptait l'orgueil Anglais sous les Forts de Mahon.
Grand Dieu! puissent ses fils, imitant sa vaillance,
Et soutenant l'honneur des Armes de la France,
Nous prouver que le siècle où renaît un HENRI,
Des *Braves* de leur nom est le siècle chéri.

CHANT IV.

De même que ces flots de l'onde fugitive,
Qui nous semblent, d'abord, se jouer sur la rive,
Mais qui, d'un cours pressé pour ne plus revenir,
Vont, dans le sein des Mers, à la fin s'engloutir,
Les Peuples que l'on voit un instant sur la Terre,
Briller d'une grandeur fragile & passagère,
Tour-à-tour renaissans & détruits tour-à-tour,
Vont, dans la même nuit, se perdre sans retour.
Sans cesse tourmenté d'un besoin implacable,
Le Tems, le Tems cruel, ce Saturne effroyable,
Fait, seul, pour l'assouvir dans ses horribles flancs,
Chaque jour, par milliers, descendre ses enfans !
Tous ses pas sont marqués par des traces sanglantes ;
Tout fuit, tout disparaît sous ses mains dévorantes,
Et la férocité des Mortels destructeurs,
Ne seconde que trop ses avides fureurs !
Vingt faibles Nations qui n'osent se défendre,
Ont déjà succombé sous les coups d'Alexandre :
Les Empires, par lui, soumis & ravagés,
Sont en d'autres États à sa mort partagés :
Les Romains, parvenus à sa vaste puissance,
Font ployer l'Univers sous leur obéissance,
Et ces fiers Conquérans, détruits ou dispersés,
Sont, par d'autres Vainqueurs, à leur tour remplacés.
L'Homme, accablé du poids de ses inquiétudes,
Meurt victime où jouet de ces vicissitudes :
Immuable, au milieu de ces grands changemens,
Dieu seul plane au-dessus de l'abîme des tems !

CHEZ

CHEZ les Peuples formés des débris de l'Empire,
Le Commerce, d'abord, eut peine à s'introduire :
Ces Barbares, nourris dans l'horreur des combats,
Étaient, sans doute, encor plus Brigands que Soldats.
Sous leur joug odieux l'Ignorance homicide,
Couvre les Nations de son voile perfide,
Et l'Univers, foulé par de lâches Tyrans,
Voit l'astre du Génie éclipsé pour long-tems.
Toutefois, dans Byzance, une faible lumière
Jette encor, sur la Grèce, un rayon qui l'éclaire.
Paisible en ses foyers, l'Arabe industrieux,
Conserve aussi des Arts le dépôt précieux :
On voit fleurir, sous lui, l'opulente Palmire ;
Ses ruines encor, où sa grandeur respire,
Font, à l'œil étonné, reconnaître aisément
Le plus riche entrepôt d'un Peuple Commerçant.

LA foule des erreurs, dans une nuit profonde,
Paraît ensevelir tout le reste du Monde :
Les Peuples, de nouveau, par elles désunis,
Traitent les Étrangers comme autant d'Ennemis.
Aveugle Partisan de l'affreux Despotisme,
Durant ces jours d'horreurs, le sanglant Fanatisme,
Le poignard à la main, pesant sur les Mortels,
Des beaux Arts, en tous lieux, renverse les Autels.
Ce Monstre, qui, d'abord, fuit & rampe sous l'herbe,
Vers les Trônes, bientôt, porte un regard superbe ;
Et du Dieu qu'il outrage usurpant tous les droits,
Fait courber, devant lui, la Majesté des Rois !

EUROPE, tu vois naître, en ces siècles barbares,
Ces farouches Tyrans, ces Oppresseurs avares,
Qui, sous un bras de fer, écrasant leurs Vassaux,
Abaissent l'Homme au rang des plus vils animaux.

D

Le front courbé, l'œil morne, & le cœur plein de rage,
Par-tout je vois errer le honteux Esclavage;
L'Ignorance le suit; la basse Cruauté
Le conseille, le guide, & marche à son côté :
Les Moissons, sous leurs pas, soudainement périssent;
Les fleurs, avec les fruits, tout-à-coup se flétrissent.
Le Monopole affreux, dans ses avides mains,
Entasse, avec fureur, ses odieux larcins;
Il opprime les Arts, étouffe l'Industrie,
Enchaîne Cérès même après l'avoir flétrie;
Et par-tout, de ses champs, le Colon arraché,
Expire, en vil Esclave, à la glèbe attaché.
Ici le jeune Enfant qu'on enlève à sa Mère,
Écrasé sous le joug, suit le sort de son Père;
Là, l'unique Héritier dépouillé de ses biens,
Perd jusqu'aux droits sacrés des Fils de Citoyens :
La servitude, enfin, dominant sur l'Europe,
Dans la stupidité la plonge & l'enveloppe;
Tout fléchit sous sa loi, tout, jusqu'à la Pudeur,
Par l'infame tribut qu'elle doit au Seigneur.
Tel & plus furieux, on a vu, chez nos Pères,
S'établir, aux dépens des publiques misères,
Ce règne féodal, éternel monument
De Haine & de Mépris pour tout Être pensant!

Mais quel spectacle, ici, vient frapper ma paupière?
D'où partent ces faisceaux de brillante lumière?
Quelle Divinité, dans cet éclat pompeux,
Pour le bien des Mortels, descend du haut des Cieux?
Un cortège imposant la suit & l'environne;
La Candeur ceint son front d'une double couronne;
La Bonté lui sourit, & dans cet heureux jour
Cent Peuples, à l'envi, célèbrent son retour!

Ah! je te reconnais, sainte Philosophie;
Tu portes, dans ta main, le flambeau du Génie:
L'auguste Liberté, le Bonheur & les Arts,
Sur tes pas fortunés volent de toutes parts.
O Déesse! sans toi, sans ta douce présence,
L'Homme, encor vain jouet de la sombre Ignorance,
Irait, de nos jours même, en mille erreurs plongé,
Ramper servilement aux pieds du Préjugé:
C'est Toi qui, la première, en éclairant le Monde,
Dissipas cette nuit terrible & si profonde,
Qui, tombant sur les yeux des malheureux Mortels,
Leur cacha, si long-tems, leurs devoirs mutuels:
C'est Toi qui, la première, as formé les Grands Princes,
Qui, sur leur Trône assise, as fait, dans leurs Provinces,
Circuler ces trésors & ces rares bienfaits,
Seuls liens éternels, entr'eux & leurs Sujets:
C'est Toi qui nous appris ces vérités si chères,
Qu'Enfans du même Dieu, tous les Humains sont Frères;
Que, réciproquement, étant nés tous égaux,
Ils doivent s'entr'aider à supporter leurs maux.
Depuis l'heureux Mortel, qui, ceint du Diadême,
Coule ses jours au sein de la Grandeur suprême,
Jusqu'à cet Homme obscur, qui, triplant ses labeurs,
Arrache à peine un pain trempé de ses sueurs,
Par les mêmes besoins tu réunis les Êtres;
Tu rapproches le sort des Vassaux & des Maîtres;
Et du servage affreux brisant, enfin, les fers,
Règnes, par tes bienfaits, sur le double Univers!
O respectable Amie! ô la plus tendre Mère!
Répans, de plus en plus, ton heureuse lumière;
Daigne au Temple, au Barreau, daigne à la Cour des Rois,
Avec force, en tout tems, faire entendre ta voix!
Venges-nous de ces jours d'ignorance profonde,

Où d'infames Tyrans afferviffant le Monde,
Ofaient, en plein marché, tels que de vils troupeaux,
Sans honte & fans pudeur, marchander leurs égaux !

VERS ces tems d'anarchie & d'affreux brigandage,
Les faibles Commerçans, expofés au pillage,
Sous leur fein réciproque, osèrent confier,
Pour la première fois, leur argent au papier.
Le Commerce auffi-tôt renaît & fe déploie,
Affuré du crédit de ce *papier-monnoie*,
Qui, feul, pour avoir cours dans les divers États,
N'attend point fa valeur du fceau des Potentats.
Quel Prince, de nos jours, fier des biens qu'il difpenfe,
Du fimple Commerçant égalant la puiffance,
Comme lui, d'un feul trait, plus prompt que les éclairs,
Fait voler la Fortune aux bouts de l'Univers ?

DANS le Monde, aujourd'hui, fon Art feul qui domine,
Se reffentit long-tems de fa faible origine :
Mais, enfin, chaque jour venant à s'augmenter,
Le tranfport des métaux, faits pour repréfenter
Tous les objets divers qui forment fon effence,
Se fit, en maint endroit, avec bien moins d'aifance,
L'on inventa, dès-lors, d'autres fignes nouveaux,
Pour tenir encor lieu de ces mêmes métaux :
Ainfi, du Numéraire introduit par l'ufage,
Le papier, parmi nous, fut le fidèle gage ;
Et fur la foi publique, en tous lieux révéré,
Cet agent, à fon Maître, eft fouvent préféré.
Delà nous vient le Change. Ainfi, qu'une balance,
Qui nous marque, des poids, l'exacte différence,
Ce Change, par fon cours, variable en tout tems,
Nous indique l'état des Peuples Commerçans.

Par le moyen encor de ce nouveau Négoce,
Sans craindre des Brigands l'avidité féroce,
Tout Voyageur peut voir ſa fortune, en ſecret,
Repoſer, avec lui, ſous le même chevet.

MAIS qu'apperçois-je, hélas! quel autre eſprit de rage,
Vient redoubler les maux dû terrible Eſclavage?
Quel abſûrde vertige, en ces climats lointains,
Fait circuler ces flots dè nombreux aſſaſſins?
Sous les drapeaux ſanglans du Démon de la Guerre,
Chaque Peuple, à l'envi, court ravager la Terre:
Tous, pour reconquérir quelques méchans Hameaux,
Ne font, dù Monde entier, qu'un horrible cahos!
Mais tel qu'un doux Zéphir, qui, chaſſant les nuages,
Loin de notre horiſon écarte les orages,
Où qui, du ſombre hyver, appaiſant les rigueurs,
Dans nos champs amollis fait renaître les fleurs,
Le ſouffle bienfaiſant de l'active Induſtrie,
Diſſipe l'air groſſier de cette barbarie:
Le Monde, en ce moment, encor tout tranſporté,
Paraît comme ſortir d'un ſommeil agité:
Il entr'ouvre, avec peine, une faible paupière,
Eſt frappé de l'éclat d'une vive lumière,
Et d'un œil fixe, enfin, revoit, de toutes parts,
Briller l'heureux flambeau du Commerce & des Arts!

DANS ces lieux où jadis le Goût pur & facile,
Cadençait les beaux vers d'Horace & de Virgile,
Dans ces lieux que le Tibre arroſe dé ſes eaux,
Le Commerce, d'abord, r'ouvre tous ſes canaux:
Ce fertile Pays, qu'il chériſſait encore,
Des jours les plus brillans voit renaître l'Aurore;
Tous les Arts, dans ſon ſein, par lui reſſuſcités,
De Bourgs preſque déſerts font de vaſtes Cités.

Gênes parait, s'élève & domine avec Pise :
Dans son vol plus hardi, la superbe Venise,
Ose franchir les Mers; & redoublant d'efforts,
Fait cingler ses Vaisseaux au milieu de nos Ports.

C'est au Commerce seul que tu dois ta naissance,
Fier Rival des Génois, toi qui par ta puissance,
Des Soudans de l'Égypte enchaînant le destin,
Fais pâlir le Croissant aux rives du Jourdain.
Jamais on ne t'eût vu, sortant de tes *lagunes*,
Maitriser, à ton gré, les diverses fortunes
De quelques vains lauriers, si ton Peuple amoureux,
N'eût emprunté, des Arts, un appui plus heureux.
Et qu'importe, en effet, cet amour de la Gloire,
Soif ardente du sang que verse la Victoire?
Le bonheur est bien moins le fruit de nos exploits,
Que le paisible Enfant des beaux Arts & des Loix.
Des crimes de César, des forfaits d'Alexandre,
Je ne suis point complice en osant les défendre.
N'est-il pas mille fois plus doux, plus consolant,
De rendre un Être heureux, que d'en détruire cent?
Quel bien réel, enfin, revient-il à la Terre,
Des désordres affreux enfantés par la Guerre?
Et quel est cet honneur que cherchent les Mortels,
En courant s'égorger jusqu'aux pieds des Autels?
Si les terribles noms d'*Invincible* & d'*Auguste*
Sont le prix que l'on doit à l'Homme le moins juste,
S'ils sont le prix du sang que répandent ses mains,
Osons en décorer les plus grands Assassins.
Ces palmes, ces lauriers, dont la superbe Gloire
Pare, avec tant d'éclat, le front de la Victoire,
Ne se cueillent, jamais, qu'aux dépens de nos pleurs :
Sans pouvoir les aimer, nous chantons les Vainqueurs.

Mais de l'Humanité l'Ami tendre & fenfible,
Enchaîne tous les cœurs par un charme invincible ;
Et chacun, fur fon front, à fes nombreux bienfaits,
Croit, d'un Dieu protecteur, reconnaître les traits.

Non que je blâme, ici, cette illuftre vaillance,
D'un Peuple généreux qui veille à fa défenfe,
Qui combat pour fon Roi, pour fes propres foyers,
Et repouffe, avec cœur, fes Ennemis altiers :
Nous n'en faurions douter, il doit courir aux Armes,
Dès l'inftant qu'un Rival redoublant fes allarmes,
Au mépris du bon droit, ofe, enfin, lui manquer ;
Mais il doit fe défendre, & non pas attaquer :
Par lui feul entreprife & faite avec courage,
La Guerre même, alors, a plus d'un avantage.
Tout Favori de Mars, chez ce Peuple vanté,
Ne fert que pour l'honneur de la Liberté.
Les Épaminondas ont illuftré la Grèce :
Rome eut fes Scipions, fameux par leur fageffe,
Et Condé, parmi nous, qui ne leur cède en rien,
Brilla par les Vertus du Héros Citoyen.
Quelques foient leurs beaux faits, le grand Art que je chante,
De fecours mutuels, école bienfaifante,
N'eft-il pas, ô Guerriers ! préférable cent fois,
A ces meurtres, fouvent, feuls fruits de vos exploits ?

Ainsi penfe Venife, & cette République
Jouit, long-tems, du prix de cette Politique :
Sa Marine s'élève, & des bords du Couchant,
Étend fon vafte Empire au fond de l'Orient.

Ptolémaïde, alors, fuberbe & floriffante,
Voit briller, de nouveau, fa fplendeur renaiffante ;
Le Peuple de Venife en fait l'heureux Marché,
Le plus grand de l'Afie, & le plus recherché :

C'eſt là que, ſous ſes mains, ſans ceſſe on voit éclore,
Ces ſuperfluités que le Luxe dévore;
C'eſt-là que ſon Commerce, actif & plus preſſant,
Fait réjaillir, au loin, ſon éclat impoſant:
Ce Peuple, en ſes travaux, toujours infatigable,
Trouve, dans leur emploi, la grandeur véritable;
Lui ſeul ne touchant point à leurs divers produits,
En fait, par l'Étranger, conſommer tous les fruits.
Quelque brillant que ſoit un tout autre Commerce,
Sur l'État qu'il ſéduit, quelques tréſors qu'il verſe,
Craignons ce ſonge, enfant d'un dangereux ſommeil,
Que ſuivra, tôt ou tard, un terrible réveil!

L'IBÈRE, vers ce tems, voyait à *Ségovie*,
Se treſſer, par les mains de l'active Induſtrie,
Ces Draps ſi précieux, riche fruit des toiſons
Dont la Nature orna ſes ſuperbes moutons.
Quel aſtre bienfaiſant, ſeul, avec complaiſance,
Verſant, ſur ſes climats, ſa plus douce influence,
Fait encor rapporter à leurs jeunes Brebis,
Des tréſors inconnus dans les autres Pays?

TOUTEFOIS l'Habitant de la Grande Bretagne,
Pour ravir, de nos jours, ce butin à l'Eſpagne,
Semble, en Obſervateur ſagement indiſcret,
Avoir, à la Nature, arraché ſon ſecret.
Quel Art, en ſa faveur, a créé ces prairies,
Que pénètrent les ſucs de mille Herbes fleuries?
Quel autre, mariant ces tendres arbriſſeaux,
Forma, de tout côté, ces mobiles rideaux,
Qui, mettant à l'abri les fortunés aſyles,
Où paiſſent, d'Albion, les troupeaux plus fertiles,
Leur conſervent, du moins, ce duvet enchanteur,
Dont la douce fineſſe égale la blancheur?

O France! encore un pas, & tu pourras toi-même,
Tu pourras recueillir cette richeſſe extrême,
Ce bien ou la Nature a ſouvent moins de part
Qu'un travail économe, heureux enfant de l'Art.

LE Luxe, adroit Tyran des Peuples de la Terre,
En préférant, d'abord, les toiſons-de l'Ibère,
O Caſtille! ô Léon! a, lui ſeul, dans vos Ports,
De l'Opulente Aſie, entaſſé les tréſors!
Fondateurs d'un Commerce aux bords de la Baltique,
Des Peuples qu'uniſſait la même Politique,
A cette époque encor, vers le Septentrion,
Faiſaient auſſi voler la gloire de leur nom.
Qui ne ſait que long-tems ces Peuples de la Hanſe,
De nos plus grands États étayant la puiſſance,
Et, ſeuls, à tout le Nord, faiſant chérir leurs Loix,
Parmi leurs Protégés, virent ſouvent des Rois?

BEAUDOIN, jeune Héros, ta conduite ſi ſage,
Te mérite, ſans doute, un légitime hommage;
Toi ſeul fais le bonheur de vingt Peuples divers,
En favoriſant l'Art, digne objet de mes Vers.
Grand Prince, chaque jour, plus d'une Ville illuſtre,
Sous tes paiſibles Loix, brille d'un nouveau luſtre;
La Flandres n'eſt, alors, de Bruges juſqu'à Gand,
Que le vaſte Comptoir du Monde Commerçant.
Mais, ſous tes Succeſſeurs, égarés par leurs guides,
Je vois les Arts grevés de mille affreux ſubſides,
Et le Commerce, hélas! ceſſant tous ſes Travaux,
Tomber, preſqu'écraſé, ſous le faix des impôts!
Il rompt, enfin, ſes fers; il s'enfuit, il échappe
A la honte des Coups dont le deſtin le frappe;
Et dans tout le Brabant, encor plus maltraité,
Court, au bord du Texel, chanter la Liberté!

Augustes Souverains, Miniſtres reſpeƈtables,
Peuples qu'il enrichit de ſes biens innombrables,
Daignez, en accueillant ſes précieux travaux,
Le faire reſpirer à l'abri des impôts.
Eh! n'oubliez jamais qu'en tout tems l'Induſtrie,
Indépendante & fière, ainſi que le Génie,
Fuyant loin de ces lieux, où d'avares Tyrans
Dépouillent, ſans pudeur, les Arts & les Talens,
Ne couvre, de leurs fruits, ſon immenſe carrière,
Que ſous l'auſpice heureux d'une franchiſe entière!

Cependant, le Commerce, en mille endroits, Vainqueur,
Déployait ſa puiſſance avec plus de vigueur.
Ces Guerres, qu'un faux zèle avait fait entreprendre,
Produiſirent un bien qu'on ne pouvait attendre,
De ce gouffre de maux & de noirs attentats,
Dont le germe brûlant infeƈta tant d'États.
On vit naître, dès-lors, un goût pour les voyages,
Qui, de cent préjugés, diſſipa les nuages:
Les Peuples, tranſportés dans ces climats lointains,
Vers d'autres Inconnus ſe frayaient les chemins:
Mille nouveaux beſoins enflamment le Génie,
Qui, de ſes vils liens, dégage l'Induſtrie:
Elle s'élance, part, fait, au loin, ſur ſes pas,
Briller tous les Eſprits, & mouvoir tous les bras.
Tel, en briſant les fers de ſes ondes captives,
Un ſuperbe Torrent s'échappe de ſes rives,
Et roulant, à grand bruit, ſes flots du haut des Monts,
Court inonder nos Champs & couvrir nos Vallons.

Mais quel Démon jaloux, dans ſa fureur ſanglante,
Obſcurciſſant, ſoudain, cette clarté naiſſante,
Livre les Nations à ce Peuple-Tyran,
Barbare Seƈtateur de l'abſurde Alcoran?

INTRÉPIDE Gama, sous ton heureux audace,
Cet Univers, hélas! changeant encor de face,
Dépouillé de ses Arts, & dans les fers jetté,
Sous le Turc, à jamais, perdait sa liberté.
Avide également de fortune & de gloire,
Ce brave Portugais, enfant de la Victoire,
Après avoir vingt fois repoussé l'Ottoman,
Pénètre, le premier, au sein de l'Indostan.
Rome & Tyr, sur les bords de l'Indus & du Gange,
Avaient formé, jadis, un Commerce d'Échange;
Nul des leurs, toutefois, n'avait porté ses pas
Dans le centre inconnu de leurs vastes États.

RICHE Univers baigné par ces fleuves célèbres,
Quel Écrivain profond, dissipant les ténèbres
Qui retiennent, sur toi, mon esprit arrêté,
M'instruira du secret de ton antiquité?
L'origine des Arts, & de nos connoissances,
L'heureuse invention des plus hautes Sciences,
Brille encore, aujourd'hui, parmi les monumens
De tes fastes sacrés respectés par le Tems.
Ce Globe est presqu'entier, ou désert, ou sauvage,
Que ta rare industrie a déjà l'avantage
D'attirer, sur tes bords, féconds en mille biens,
Les plus grands Commerçans de nos Peuples Anciens.
Si l'Homme a pu choisir ces brûlantes Contrées,
Par les feux du Soleil sans cesse dévorées,
S'il a pu se fixer en ces affreux climats,
Exposés, sous le pôle, à d'éternels frimats,
Peut-on douter qu'un sol aussi doux qu'agréable,
Le seul, à notre espèce, en tout tems favorable,
Sous les paisibles loix de la Fraternité,
N'ait été, des Mortels, le premier habité?

Quand la Terre, à leurs vœux, ne pouvant point fuſſr
Les Hommes font ailleurs forcés de fe détruire,
La féconde Nature, aux heureux Indiens,
Avec égalité, prodigue tous fes biens.

Le Peuple de Liſbonne eût, de ces riches plages,
Sans doute retiré les plus grands avantages,
S'il n'avait voûlu joindre à l'Efprit Commerçant
Les droits ambitieux d'un Peuple Conquérant.
Maître avare & jaloux de ces nombreufes Iles,
Où croiſſent, à l'envi, ces plantes fi fertiles,
Dont les fucs, imprégnés dans nos mets délicats,
Ont, de plus d'un Mortel, avancé le trépas.
Je l'apperçois encor, des rives de la Perfe,
Jufqu'aux murs de Pékin, étendre fon Commerce :
Des Iles de la Sonde, aux Côtes de Ceylan,
Ses Pavillons vainqueurs parcourent l'Indoſtan :
Pour combler cet amas de gloire & de Conquêtes,
Depuis le *Cap*, jadis, furnommé *des Tempétes*,
Sur les bords Africains cet heureux Peuple encor,
Jufqu'au Golfe Arabique, avait pris fon eſſor.
Outre leurs fruits nombreux & leurs riches denrées,
Il trouvait, dans le fein de ces vaſtes Contrées,
Ces précieux métaux que lui-même à fon tour,
Au Commerce de l'Inde, il offrait en retour.
Des plus grands biens, enfin, une fource féconde,
coulait, déjà, pour lui, des mines de Golconde,
Et feul il recueillait tous les tréfors divers
Dont le Ciel, à plaifir, fema cet Univers.

D'Albuquerque & Caſtro, pleins d'un mâle Génie,
Y firent refpecter le nom de leur Patrie ;
Le premier d'Eux, Vainqueur de la Superbe Ormuz
Voit fes altiers Remparts fous fes coups aba

Un Monarque Perſan, jaloux de l'avantage
Que notre Grand Guerrier ne doit qu'à ſon courage,
Oſe, dans ſon orgueil, par un Ambaſſadeur,
Exiger, ſur le champ, un tribut du Vainqueur.
D'Albuquerque, indigné d'une pareille audace,
Fait, devant l'Étranger, apporter, ſur la Place,
Des ſabres, des fuſils, des boulets, des mortiers;
Et lui montrant, ſoudain, ces Inſtrumens guerriers:
Vois, dit-il, au Perſan, *la fidèle Monnoie*
Dont mon Maître ſe ſert pour les tributs qu'il paye.

DANS ces Pays, alors, l'Illuſtre Portugal,
Comptait quelques Rivaux, ſans y voir ſon égal:
Sous de tels Chefs, ſon Peuple, auſſi juſte que ſage,
Unit la grandeur d'ame au plus vaillant courage;
Tant le Ciel, pour dompter nos penchans vicieux,
A donné de pouvoir aux Mortels vertueux!

L'INTRÉPIDE Souſa venait, ſur cette rive,
En Guerrier triomphant, de faire une Captive:
Zulmis, plus belle encore en ce malheureux jour,
Joignait, à ſes vingt ans, un cœur fait pour l'Amour.
Dépoſant, à ſes pieds, ſa Couronne & ſes Armes,
Lui-même, en la voyant, s'applaudit de ſes charmes,
Et cent fois, chaque jour, l'examinant de près,
De ſa Mère, cent fois, croit lui trouver les traits:
Mais Alikan l'adore, & cet Amant fidèle,
Ne vit plus que du feu dont il brûle pour elle.
Déjà, depuis long-tems, par le plus doux lien,
L'Hymen lui promettait d'unir ſon ſort au ſien:
De ſa jeune Maîtreſſe il apprend la diſgrace;
Il vole à ſes genoux, il la voit, il l'embraſſe.
Que le Ciel ne fit-il un ſiècle du moment
Où la tendre Zulmis apperçut ſon Amant!

Ah! dit-il à Soufa, les yeux baignés de larmes,
» Tu l'emportes, fur nous, par la force des Armes:
» Mais peux-tu m'envier, dans cet affreux revers,
» La gloire & le bonheur de partager fes fers?
» Je ne faurais cacher le feu qui me dévore.
» Apprens, vaillant Guerrier, apprens que je l'adore:
» Son refpectable Père, en m'accordant fa main,
» Allait parer mon front des rofes de l'Hymen:
» S'il faut nous féparer, fi Zulmis m'eft ravie,
» Sois affez généreux pour m'arracher la vie:
» Ton ordre, quel qu'il foit, ne faurait m'accabler.
» Va, j'appris à mourir & non pas à trembler.
» Cette Mort que l'on craint, qu'on croit fi douloureufe,
» N'eft qu'un fantôme vain pour l'ame courageufe:
» Sitôt qu'on le connaît, il a beau menacer,
» On l'attend, de pied ferme, en ofant le fixer.
» Fais-moi donc, oui, fais-moi donner à l'inftant même,
» Ou des fers, ou la mort, ou rens-moi ce que j'aime! »

Zulmis tombant, foudain, aux genoux du Vainqueur,
Baiffe les yeux, foupire, & pâlit de frayeur:
Le Portugais la fixe: il la fixe, à fa vue:
La pitié, malgré lui, faifit fon ame émue;
Cependant, jeune encore, avide de plaifirs,
Ses yeux laiffent percer tout le feu des defirs:
Maître de difpofer d'une auffi belle Femme,
Il veut.... que dis-je? Non: l'honneur feul qui l'enflamme,
Chaffant, loin de fon Cœur, la molle Volupté,
Lui fait, de ces Amans, fceller la Liberté.
« Relevez-vous, dit-il, en effuyant leurs larmes,
» Banniffez, à jamais, vos mortelles allarmes:
» Je triomphe de moi, foyez libres tous deux;
» Vivez pour vous aimer, pour toujours être heureux.

» Eh! quelques dépravés qu'on suppose les Hommes,
» Quelques méchans qu'ils soient dans le siècle où nous
　　　　» sommes,
» Je sens qu'il n'en est pas qui, dans le fond du cœur,
» Sans croire à la Vertu, puissent croire au bonheur ! ».

A peine il achevait, que la plus vive joie,
Sur le front d'Alikan, éclatte & se déploie;
Les attraits de Zulmis paraissent, à leur tour,
Renaître & s'embellir au souffle de l'Amour :
Ainsi, durant l'Orage, une rose naissante,
Qui, sur sa tige, hélas ! nous semblait expirante,
Au Soleil qui revient, reprenant ses couleurs,
Brille de tout l'éclat de la Reine des fleurs !

TELLE était la Vertu, qui, dans ces jours de gloire,
Guidait le Portugais de Victoire en Victoire;
Telle était la Vertu, qui, dans l'Inde, à jamais,
Pouvait, seule, affermir ses éclatans succès,
Sous un gouvernement toujours doux, équitable;
Sa masse de puissance était inébranlable;
Mais son joug, aussi dur que superstitieux,
Le rend, d'abord, suspect & bientôt odieux.

VERS les extrémités du Levant de l'Asie,
Est une Nation douce, affable & polie,
Qui porte, dans ses mœurs & sa simplicité,
Le respectable sceau de son antiquité :
Ce Peuple bienfaisant, ami de la Nature,
Au rang des premiers Arts, plaçant l'Agriculture,
Sème tous ses trésors, & sous le plus beau Ciel,
Les recueille à l'abri d'un pouvoir paternel.
Avec un doux plaisir, quel œil ne se repose
Sur le tableau touchant qu'un Peuple nous expose,

Tant que l'Art de Cérès fait offrir à fes yeux,
Un objet auffi faint que le culte des Dieux ?
Je crois appercevoir un fortuné rivage,
Que la Nature orna du plus beau Payfage ;
Je m'en éloigne envain ; mon cœur, en le quittant,
D'accord avec mes yeux, m'y ramène à l'inftant.
Telle eft, Européens, la peinture divine,
Tel eft le vrai tableau des Peuples de la Chine.
Tout Homme, par un goût que rien ne peut changer,
Y prouve qu'il eft né Laboureur ou Berger :
Leurs fages Mandarins, leur Empereur lui-même,
Dépofe, une fois l'an, l'orgueil du Diadême,
Et fimple Agriculteur, gourmandant fes guerets,
S'honore de porter le Sceptre de Cérès !

L'INSECTE induftrieux, Émule d'Arachnée,
Qui fufpend au mûrier fa trame fortunée,
De fes nombreux réfeaux, de fes brillans cocons,
Remplit, de tout côté, fes immenfes Vallons :
Le Chinois les prépare, en treffe ces étoffes,
Dont l'éclat, trop fouvent, féduit nos Philofophes.
Voluptueux fatins, l'Art ne vous a tiffus
Que pour parer *Clermont* de l'habit de Vénus !

LE Portugais, admis chez ce Peuple fi fage,
Du plus riche Commerce avait, feul, l'avantage,
Lorfque, pour réprimer fes coupables efforts,
Le Chinois fut contraint de lui fermer fes Ports :
Mais, hélas ! loin de voir cet exemple févère,
Enchainer fa fureur avide & fanguinaire,
Ce lâche Européen qu'aveuglément fes excès,
Ofe même, en Vertus, ériger fes forfaits.
Chez les Peuples qu'il voue au plus dur efclavage,
Son Commerce n'eft plus qu'un affreux brigandage :

L'Orient

L'Orient, accablé sous le poids de ses maux,
S'irrite, &, de son sein, chasse, enfin, ces Bourreaux.
L'un des Chefs Indiens, fatigué de leurs crimes,
Les assemble, & leur parle en ces termes sublimes :

« Pour nous venger, ici, des barbares affronts
» Dont vous avez osé faire rougir nos fronts,
» Il nous faudrait, Cruels, comme vous sanguinaires,
» Egorger vos Enfans, & massacrer vos Pères.
» Vous nous vantez un Dieu de Justice & de Paix,
» Qui, sur tous les Humains, répandant ses bienfaits,
» Se plaît à voir, en Eux, ces vertus si touchantes,
» De sa bonté suprême, images consolantes ;
» Et dans le même tems, Apôtres scélérats,
» Vous ne rougissez pas des plus noirs attentats :
» L'Ivresse, la Débauche & ses honteuses flames,
» Dévorent, tour-à-tour, & consument vos ames ;
» Le germe affreux du Vice à desséché vos cœurs,
» Et l'on ne saurait voir sympatiser nos Mœurs.
» Le Ciel l'avait prévu ; lui-même il mit, d'avance,
» Pour barrière entre nous, un Océan immense :
» Au mépris des dangers qu'il vous fallait courrir,
» Au mépris de la Mort, vous osez le franchir.
» Eh ! périsse, à jamais, l'abominable race
» Qui viendrait nous vanter votre barbare audace :
» L'espoir de nous piller, de nous charger de fers,
» Vous fit, seul, en Brigands, accourir sur nos Mers :
» Nous avons, avec vous, si peu de ressemblance ! ....
» Perfides ! quittez-nous : recherchez l'alliance
» De ces Peuples méchans, de ces Peuples jaloux,
» De ces Peuples cent fois moins féroces que vous !
» Emportez loin d'ici vos Arts, votre Commerce,
» Plus à craindre pour nous, ô Nation perverse !

» Que tous les maux affreux que nous pourrons souffrir,
» Par l'ordre de ce Dieu que vous faites haïr.
» Nos armes, je le sais, ne valent pas les vôtres :
» Le Désespoir, enfin, va nous en fournir d'autres :
» Un Peuple libre & fier dont il arme le bras,
» Vous tient tous pour vaincus, puisqu'il ne vous craint pas ! »

Ce discours, prononcé d'une voix fulminante,
Confond les Portugais, les remplit d'épouvante,
Et devient le signal de la proscription,
Que l'Inde, au même instant, fait de leur Nation.
Ainsi furent chassés, au bout de quelques lustres,
Les Enfans avilis de ces Guerriers illustres,
Que l'on vit les premiers, hardis Navigateurs,
Jusqu'au Nord de la Ligne, arriver en Vainqueurs :
Dans ces climats, jadis, théatre de leur gloire,
Ils n'ont laissé qu'un nom d'odieuse mémoire.
Puisse de ses malheurs, fanatique Artisan,
Tomber ainsi l'orgueil de tout Peuple-Tyran !

CHANT V.

Reine de tous mes vœux, dans ma paisible enceinte,
Fille augufte du Ciel, Liberté trois fois fainte,
Ton bras feul affermit, fur la bafe des Loix,
Le Trône inébranlable où montent les grands Rois.
Tel que l'Aftre du jour, en verfant fa lumière,
Donne l'ame & la vie à la Nature entière;
Tel, en développant la bonté de fon cœur,
Un Prince aimé des Siens affure leur bonheur:
Dans fon regard ferein, cette bonté qui brille,
Semble, autour de fon Trône, appeller fa Famille;
Il ne fe plaît qu'au fein de cette heureufe Cour:
La garde la plus fûre eft celle de l'Amour.
Par des bienfaits nombreux où fon Ame eft empreinte,
Un tel Roi connaît l'art de ferrer, fans contrainte,
Le nœud facré qui, feul, doit unir, en tout tems,
Les Enfans à leur Père, & le Père aux Enfans:
Chaque jour, fon afpect, diffipant leurs alarmes,
Leur fait, du fentiment, verfer les douces larmes;
Il anime, encourage, accueille leurs travaux;
Il allège, pour eux, le fardeau des Impôts:
L'Abondance & la Paix, fes fidèles Compagnes,
Souvent, à fes côtés, parcourent les campagnes,
Et le Sol plus fécond, de fes vaftes États,
Semble, en tout tems, de fleurs fe couvrir fous fes pas!

Oppresseur des Humains, Monftre horrible & barbare,
Lâche Artifan des maux que ta main leur prépare,

Defpotifme odieux, ton abfurde pouvoir
Eft l'écueil de celui que tu brûles d'avoir.
Pour renverfer les Loix, pour te fouiller de crimes,
Les plus honteux moyens te femblent légitimes :
Jamais ton cœur d'airain ne s'ouvre au fentiment;
La rage de détruire eft ton premier talent;
Tu flétris, à la fois, la fainte Agriculture;
Tu flétris les beaux Arts, l'Amitié, la Nature :
Néron, d'un parricide encore enfanglanté,
Néron même frémit de ta brutalité !
Ton Trône, environné de finiftres nuages,
Eft femblable au foyer d'où partent ces orages,
Qui, dans tous les endroits, de leur paffage affreux,
Font gémir les Humains fur le courroux des Dieux.
Les Rapports, les Soupçons, la fombre Défiance
Font régner, à ta Cour, un terrible filence
Qui n'eft interrompu que par les cris d'effroi
Des Efclaves tremblans qui rampent devant toi !
Monftre altéré de fang, avide de pillage,
Que fais-tu ? Ta fureur détruit ton propre ouvrage.
Ce Lion endormi que tu cours égorger,
Se réveille foudain, & c'eft pour fe venger.
La fière Liberté, ta mortelle ennemie,
Fait paffer, dans fon cœur, fa brûlante énergie;
Il s'irrite; il s'enflamme, & fes coups effrayans,
Ainfi que leur pouvoir, renverfent les Tyrans.

Sur les pas de *Warwich*, tel on voit le Batave,
Peuple encore inconnu, mais généreux & brave,
Brifer un joug honteux, &, du fein de fes eaux,
Prouver que fon Pays compte auffi fes Héros.
Entre les bords fameux du Leck & de la Meufe,
Fleurit la Nation active & courageufe,

Dont l'efprit inventif & fécond dans les Arts,
Fit l'admiration du premier des Céfars :
Ce Flamand fi vanté pour fa rare Induftrie,
Enfeigna, le premier, à l'Europe ravie,
L'Art, par des fils tirés de la laine ou du lin,
De fabriquer la toile & le drap le plus fin.
Après avoir brillé par un Commerce immenfe,
Bruges, qui s'affaiblit, tombe à fa décadence;
Elle fuccombe, enfin, fous fes affreux revers;
Sa ruine eft le fceau de la grandeur d'Anvers.
De ce riche Entrepôt que l'Univers contemple,
Amfterdam, à fon tour, fuit d'affez près l'exemple;
Et, bientôt, fept États, en un feul réunis,
Impriment la terreur à leurs fiers Ennemis.

Au milieu des tourmens, toi qui, fans plainte, expire,
Pour la Liberté feule affrontant le martyre,
Illuftre *Jean de With*, des cœurs reconnoiffans,
Par ma main, aujourd'hui, daigne agréer l'encens.
Que je me plais à voir ta docte politique,
Vers le plus grand des Arts porter ta République,
Et tes favans écrits, à mes yeux fatisfaits,
Dévoiler, de cet art, les plus profonds fecrets !
Les principes conftans de ta haute fageffe,
Du fortuné Batave ont feuls fait la richeffe.
Eût-il, brifant, fans toi, le joug le plus cruel,
Ofé franchir long-temps les rives du Texel ?

Du pouvoir fouverain nobles Dépofitaires,
Vous que le Ciel appelle aux plus hauts Miniftères;
Vous qui n'avez pour but, en promulguant des Loix,
Que l'intérêt facré des Peuples & des Rois;
Miniftres éclairés, confultez ce Grand Homme,
Digne des plus beaux jours & de Sparte & de Rome;

Lui feul vous apprendra par quels heureux moyens
Le Commerce enrichit des Sujets-Citoyens ;
Vous puiferez, chez lui, ces maximes profondes,
Du bonheur des États fources toujours fécondes,
Qui rendront à vos fils, fous d'autres, tels que vous,
Les biens que votre main aura verfés fur nous.
Entraîné par fon cœur, c'eft ainfi que le Sage,
De fon fiècle, lui feul, faifant tout l'avantage,
Voit le grain qu'il fema, par le Temps, refpecté,
Fructifier encor pour la Poftérité.
Rempli de cet efprit, qui, feul, lui fert de guide,
Le généreux *Imhoff* (*), ce Batave intrépide,
Daigne, ainfi, de fa plume, éclairer, aujourd'hui,
Le Peuple dont fon bras fut, fi long-temps, l'appui.
Politique, Orateur, & toujours plus Grand-Homme,
Tel, autrefois, l'exemple & l'ornement de Rome,
Tu fus, *Rutilius* (**), aux couronnes de Mars,
Enlacer, fur ton front, le laurier des Beaux-Arts.

Mais la Hollande, enfin, fi faible à fa naiffance,
De nos premiers États égalant la puiffance,
Par le Commerce feul qu'ont fondé fes exploits,
A l'Europe, déjà, paraît dicter des Loix.
Que dis-je? Le tranfport de toutes leurs denrées,
Qu'elle court recueillir dans cent autres contrées,
Lui fait, fans rien rifquer & craindre de revers,
A contribution mettre tout l'Univers.

(*) Guftave Guillaume, Baron d'*Imhoff*, un des derniers Gouverneurs de la Compagnie des Indes, Hollandaife.

(**) *Publius*, *Rutilius*, *Ruffus*, Conful, vers l'an 648 de la fondation de Rome. Il fut un des plus grands Généraux & des plus habiles Orateurs de fon temps, au rapport de Cicéron.

Son Tyran en frémit ; mais, malgré fon courage,
Le Bataye a rompu fon indigne efclavage,
Et libre, déformais, du haut de fes vaiffeaux,
Compte l'Efpagnol même au rang de fes Vaffaux.
Sous çe Ciel où l'on voit l'Aftre qui nous éclaire,
Par une ligne, en deux, partager l'Hémifphère,
Déjà fon pavillon, flottant avec hauteur,
Du Portugais, dans l'Inde, annonçe le Vainqueur.

Féconde Liberté, c'eft ta main qui nous verfe
Les récoltes de biens que produit le Commerce ;
Mais fa profpérité demande, toutefois,
Que ton jufte pouvoir foit fixé par les Loix.
L'Exclufif eut toujours l'apparence odieufe
De cette Servitude infame & ténébreufe,
Dont le fouffle mortel fait avorter les fruits,
Qu'à leur maturité la première eût conduits :
Mais, quand des faits nombreux, qu'on ne fauroit détruire,
Prouvent qu'en certains cas, la Liberté peut nuire,
Cet Exclufif, alors, bien loin d'être un poifon,
Eft un remède sûr que prefcrit la Raifon.
Un feul Négociant, malgré fon opulence,
Subviendrait-il jamais à çette avance immenfe,
Que, pour en retirer un véritable bien,
Exige, de nos jours, le Commerce Indien ?
Que peut une rivière, en fon cours, refferrée,
Pour féconder le fol d'une vafte Contrée ?
C'eft un Fleuve groffi de cent Fleuves divers,
Qui porte l'Abondance au fein de l'Univers.

Le Hollandais, frappé du folide avantage
Que préfente, à fes yeux, un principe auffi fage,
Le premier, en faveur d'un feul Corps limité,
Du Commerce Indien reftraint la liberté.

E iv

A peine a-t-on créé, dans cette Répnblique,
Ce Corps, tout-à-la-fois, marchand & politique,
Que cet Aftre fécond, toujours refplendiffant,
Paraît, feul, éclairer le Monde commerçant.
Source de tous les biens de la Mère-Patrie,
Riche Batavia, fuperbe Colonie,
Bientôt tes Fondateurs verraient, fans tes vaiffeaux,
Leurs Palais fe cacher fous leurs humbles rofeaux.

QUE n'ai-je de *Ruifdall* la Palette admirable!
Que n'ai-je de *Vernet* la touche inimitable!
Avec quel doux plaifir, du plus beau des féjours,
Je voudrais peindre, ici, les charmans alentours!
L'avide Obfervateur, du haut de ces montagnes,
Embraffant, d'un coup-d'œil, de fuperbes Campagnes,
Et reffentant, foudain, de fublimes élans,
Se croirait, en effet, dégagé de fes fens!
J'offrirais, à fes yeux, fur ces lointains rivages,
Ces Bofquets toujours verds, délicieux ombrages,
Où la jeune Indienne, évitant les chaleurs,
Vient, mollement, rêver fur un trône de fleurs.
Cette terre, en tout tems, de Jardins embellie,
Semble me retracer ceux de la Theffalie:
Vallons chers aux neuf Sœurs, délicieux féjours,
Qui fervaient de retraite & de lice aux Amours!
Que j'aime ce Palmier, dont les rameaux fertiles,
Forment, en fe courbant, mille voûtes mobiles,
Qui, brifant les rayons de Phébus en fureur,
A l'abri de fes feux mettent le Voyageur!
Au décours d'un ruiffeau qui ferpente fous l'herbe,
Plus loin, je vois fleurir le Cannellier fuperbe;
Ici, le Cèdre altier; là, le Pin fourcilleux,
Qui, tous deux, à l'envi, s'élancent dans les Cieux,

Au fond de cette Baye, & fur fa rive heureufe,
Mon œil découvre, enfin, cette Ville fameufe,
Où le Batave ardent fait, fans ceffe, en fes Ports,
Du Gange & de l'Iffel couler les tréfors!
Les autres Nations, Rivales ennemies,
Ont, pour l'Inde, à leur tour, formé des Compagnies:
Mais celle de Hollande a, feule, avec honneur,
Soutenu, jufqu'à nous, fa première fplendeur!

PUISSANTE République, immenfe pepinière,
Des Enfans réunis de notre Europe entière,
Leur nombre, dans tes murs, n'eft fans ceffe augmenté,
Qu'à l'ombre du Commerce & de la Liberté.
C'eft-là, c'eft dans tes murs que, d'une main facile,
L'Induftrie, à tout Homme, offre un paifible afyle,
Où d'un Luxe abufif, rejettant l'attirail,
Le Bonheur eft reçu comme Enfant du Travail.
N'a-t-on pas vu, cent fois, au milieu des allarmes,
Des Peuples qui fuyaient le tumulte des armes,
Qui cherchaient, fur tes bords, un plus heureux deftin,
Retrouver, à l'inftant, leurs foyers dans ton fein?
Si de fes biens, pour Toi, Cérès tarit les fources,
Un Dieu, non moins fécond, t'offre mille reffources:
Quand l'Une fe refufe à tes preffans befoins,
L'Autre fait, d'y pourvoir, le premier de fes foins.
Tes Enfans, fous les Eaux, trouvent leur nourriture:
La Pêche, mâle & fière, eft leur Agriculture;
Nés fur fon vafte Empire, ils labourent la Mer:
Tous robuftes & fains, auffi libres que l'air,
Ne font pas moins ardens à briller dans leurs Fêtes,
Qu'intrépides & prompts à braver les Tempêtes!
C'eft ainfi que ton Sol offre, au milieu des flots,
L'École où font formés tes meilleurs Matelots,

O merveilleux pouvoir de l'active Induſtrie !
Qui pourra dignement nous vanter ta Magie ?
Elle ſeule, féconde en miracles divers,
Fait changer, à ſon gré, de forme à l'Univers.
La Toiſon de Colchos, la Chèvre d'Amalthée,
Le feu qu'allait, au Ciel, dérober Prométhée,
Ces Fables ſont, pour nous, les emblêmes certains
Des biens que l'Induſtrie offre à tous les Humains.
Elle parle, & l'on voit s'applanir les montagnes,
Les Déſerts ſe changer en riantes campagnes ;
Sur le terrein fangeux des ſtériles marais,
S'élever, tout-à-coup, de ſuperbes Palais :
Elle parle, & ces Tours s'en vont frapper les nues ;
Ces Villes, ſur les Mers, ſe trouvent ſuſpendues,
Et ce riche climat, ſi long-tems privé d'eaux,
Sur un vaſte Canal voit cingler ſes vaiſſeaux !

BATAVE, c'eſt ainſi que ſon ſouffle magique,
A, lui ſeul, fait, ſoudain, naître ta République,
Qui ne doit même encor qu'à ſon heureux appui,
L'éclat dont on la voit ſe parer aujourd'hui :
Son bras victorieux a, dès ſon origine,
De ſon propre pouvoir, revêtu ta Marine,
Et combattant pour Toi, repouſſa, ſans trembler,
Le Deſpote cruel qui voulait t'accabler !

DE cette Déité vantez-nous la puiſſance ;
Mais de *Buérem*, ſur-tout, célébre la naiſſance :
Au culte de ſon nom, qu'un ſeul jour conſacré,
De tes jours ſolemnels ſois le plus révéré !
En ſervant leur Pays, ſuivis de la Victoire,
Mille autres par le ſang, ont augmenté ſa gloire :
Vainqueurs toujours heureux, dans cent & cent Combats,
Mille autres, de leur Prince, ont accru les États ;

Mais plus grand à mes yeux, le Sage que j'admire,
Sur le plus doux des Arts, fonde un puissant Empire;
Et, grace à son secret, sur un Sol rigoureux,
D'un ramas de Pêcheurs, forme un Peuple nombreux!

MODÈLE des Héros, Fils aîné de la Gloire,
Charles, applaudis-toi d'honorer sa mémoire;
Qu'il repose en un Temple élevé de ta main.
Buérem fit des Heureux; c'est un Mortel divin!
Tel, fixant les regards de l'Europe attendrie,
Gustave, de nos jours, au sein de sa Patrie,
A l'honneur immortel d'un Commerçant profond,
Fait retracer au marbre & ses traits & son nom!
Par les dons prodigués de leur munificence,
Des Arts & des Vertus féconder la semence;
C'est-là le plus sacré, le plus beau de ces droits,
Qu'on voit, au fort des Dieux, associer les Rois!

FIERS Vainqueurs de Philippe, ô vous dont le courage,
Jadis, des Romains même, a mérité l'hommage,
Le Commerce, sans doute, a dû vous élever;
Mais songez que l'Honneur peut, seul, vous conserver.
L'antique Bonne-Foi, d'une main toujours libre,
Soutenant sa balance en un juste équilibre,
Chez vous, pendant long-tems, n'a jamais, d'un seul grain,
Au profit du Vendeur, fait pencher le bassin.
Votre sobriété, votre mâle droiture,
Votre union, toujours aussi ferme que pure,
Ont plus que vos Vaisseaux, vos Soldats & vos Arts,
Des Foudres de nos Rois garanti vos remparts:
Mais déjà, dans vos murs, dans leur sein qu'il déchire,
L'Égoïsme odieux commence à s'introduire;
Déjà l'on apperçoit ses germes corrupteurs,
Anéantir l'esprit de vos premières Mœurs:

Frémiffez, & fongez que l'affreufe Licence,
A, des plus grands États, hâté la décadence;
Songez, enfin, qu'un Peuple, avec mépris traité,
Doit, dès qu'il perd fes Mœurs, perdre fa Liberté!

MAIS cette Nation, Fille de l'Induftrie,
Sous fes Flottes, déjà, faifait ployer l'Afie;
Et preffant, dans fes bras, fon immenfe Océan,
Allait, par fon Commerce, envahir l'Indoftan,
Quand le fuperbe Anglais, jaloux de fa fortune,
Et plus jaloux encor du Sceptre de Neptune,
S'élance, tout-à coup, du Détroit de Java,
Chez les Peuples foumis au culte de Brama.
En vain, pour écarter ce Rival redoutable,
La Hollande déploie un pouvoir formidable:
L'Anglais plus fier encor, court, des bords d'Arkangel,
Pénétrer, en Vainqueur, dans le Coromandel.
Déjà ce Peuple actif a, dans chaque Contrée,
Choifi, pour fon Commerce, une branche affurée,
Qui, fans ceffe, étendant fes rameaux toujours verds,
En couvre, avec orgueil, cet immenfe Univers!

AU fein de l'Hyémen, dans l'heureufe Arabie,
Eft une Région abondante & fleurie,
Où croît un arbriffeau, dont le fruit favoureux,
Sous un double tiffu, fe dérobe à nos yeux:
Ce fruit, lui feul objet du plus riche Commerce,
Produit une liqueur que le Plaifir nous verfe;
Vrai Nectar qui, rendant le Vieillard plus vermeil,
Sert l'Amour & Vénus en chaffant le fommeil.
Des bords de la Mer Rouge, au centre de Byzance,
Chargé de ce Nectar, l'effaim des Jeux s'élance:
Et, dans cent lieux, déjà, par Eux feuls embellis,
Le verfe au Peuple entier dans la Coupe des Ris.

Tout change, tout s'altère, & rien, dans la Nature,
Ne conferve, long-tems, fa fource toujours pure :
Un germe deftructeur corrompt de fes venins,
Tout établiffement formé par les Humains.
Ces lieux, dans leur naiffance, en plaifirs fi fertiles,
Ces paifibles endroits, doux & rians afyles,
Où fouvent l'Amitié, fous d'aufpices heureux,
Inftruifait fes Enfans en dirigeant leurs Jeux,
N'offrent plus, dans la Perfe, ainfi que dans Byzance,
Que d'horribles féjours, où l'infame Licence,
De la brutale Ivreffe, irritant les defirs,
Lui vend, au poids de l'or, les plus honteux plaifirs.
En vain de Mahomet le Pontife fuprême,
Tonne, éclate, &, déjà, fait parler le Ciel même :
La Politique, en vain, fe prêtant à fa voix,
S'arme de la puiffance & du glaive des Loix.
Quelle digue oppofer au Peuple dans l'ivreffe ?
Plus irrité, cent fois, par ces Loix qu'il tranfgreffe,
C'eft un torrent fougueux qui, groffiffant toujours,
Brife jufqu'aux rochers, qu'il entraîne en fon cours.
Malgré tous les efforts tentés pour le profcrire,
L'ufage du Café s'accroît dans tout l'Empire ;
Et par lui-même, enfin, le vieux Muphti vaincu,
Se réchauffe au plaifir que lui rend fa vertu !

Quoique même, aujourd'hui, prodigué par l'Avare,
Il fût long-tems, pour nous, une boiffon fort rare,
Nos Pères, plus joyeux, plus amis de Bacchus,
A toute autre liqueur préféraient fon doux jus.
La franche Liberté, dès qu'ils font en famille,
Fait, feule, tous les frais de leur gaité qui brille.
Alors que de Comus, en leurs repas bruyans,
Pomone, par les fiens, remplace les préfens,

Pour célébrer ce vin qui pétille & s'elance,
Le Vaudeville accourt, & preſſant la cadence,
De ces heureux Buveurs qu'animent ſes refrains,
Au milieu des éclats couronne leurs feſtins.
Mais fidèle, en tout tems, à voler ſur leurs traces,
Sitôt que le Français cède au deſir des Graces,
Qui, de leurs propres mains, lui verſent, tour-à-tour,
Ce précieux Tonique adopté par l'Amour,
Paris voit, ſous les yeux du Goût qui les décore,
S'élever ces Palais où quelque jeune Flore,
Semble faire, ſans ceſſe, aux folâtres Zéphirs,
Puiſer, dans ce Nectar, l'ivreſſe des Plaiſirs!
Lieux funeſtes, hélas! Écoles de pareſſe,
Où ſe perd, de nos jours, une molle Jeuneſſe,
Où l'amour du travail ne peut être étouffé
Par un poiſon plus ſûr que celui du Café!

Un des Concitoyens de Milton & de Pope,
Établit, le premier, ſon uſage en Europe.
L'Anglais forme auſſi-tôt, dans les Ports de Jedda,
Le plus riche entrepôt des Parfums de Moka.
Lorſque le Hollandais, ſur des rives fleuries,
Recueille les tréſors de ſes Épiceries,
Son heureux Concurrent fait une ample Moiſſon,
Et de ceux du Bengale, & de ceux du Japon:
Tous deux également actifs, infatigables,
Font valoir, à l'envi, leurs Travaux innombrables,
Et Maîtres ſur ſes bords, ſemblent forcer l'Indus
A venir leur offrir ſes plus riches tributs!

Sous tes fécondes mains, ô divine Induſtrie!
Le cuivre devient or : cet or s'y multiplie;
Mais forcé d'en ſortir, pour cent beſoins nouveaux,
Ce qui s'échappe en grains, y rentre par monceaux!

Il est un fin duvet, dont la blancheur extrême
Passe celle du Cygne & de la neige même :
Dans sa coque enfermé, ce coton merveilleux
N'en sort que pour flatter & la main & les yeux :
L'Indien le travaille, & sous ses doigts agiles,
Fait naître ces réseaux transparens & fragiles,
Qui, sans rien nous cacher de leurs contours charmans,
Couvrent les doux appas de l'objet de quinze ans :
Il en fabrique encor cette trame légère,
Dont la blancheur suffit pour parer la Bergère ;
Et tantôt il y peint de si brillantes fleurs,
Que Flore, à leur aspect, voit pâlir ses couleurs.

Chez les Peuples actifs, Habitans de l'Europe,
Bientôt ce nouvel Art naît & se développe :
Nos François, dans leur teint, qu'on vante également,
Des couleurs de la Perse ont saisi le mordant.
Le Célèbre ****, Citoyen estimable,
Se distingue, sur-tout, dans cet Art admirable ;
Le Goût même traça les superbes desseins
Des Ouvrages fameux qui sortent de ses mains :
Sous ses rians tissus, le tendre Amour préfère
A presser, dans ses doigts, une taille légère,
Et de son vêtement admirant la fraîcheur,
Croit, dans chaque Beauté, reconnaître une Sœur !

Toi qui, pour obtenir le suffrage des Graces,
De ce grand Commerçant suis noblement les traces,
Toi qui viens enrichir cette antique Cité,
Célèbre, envers ses Rois, par sa fidélité,
Cette Ville où Bossuet, Apôtre dans la Chaire,
Remplit, durant vingt ans, le plus saint ministère,
Et vengeur redouté de la Religion,
Fit ployer, sous son joug, la superbe Raison ;

Toi qui me fais, enfin, depuis notre jeune âge,
Goûter de l'Amitié, le suprême avantage,
Induſtrieux ***, de tes nombreux Rivaux,
Surpaſſes, s'il ſe peut, les plus brillans Travaux.
Albion, ſur ce point, Émule de la France,
Peut-être, même, encore obtient la préférence,
Par des talens que Londre ait peine à balancer;
Toute, en notre faveur, parviens à la fixer:
Raſſemble, auprès de toi, ces Artiſtes habiles,
Dont les rians Crayons, dans leurs deſſeins fertiles,
Avec un heureux choix plaçant chaque couleur,
De la belle Nature imitent la fraîcheur.
Que la Variété qui, ſans ceſſe, ſe joue,
A tourner, en tout ſens, ſur ſa mobile roue,
De nos goûts oppoſés t'apprenant les ſecrets,
Te les faſſe, à l'inſtant, ſaiſir avec ſuccès:
C'eſt ainſi que, frappé d'une douce ſurpriſe,
Tu verras s'augmenter ton utile entrepriſe,
Et que tu forceras l'Envieux irrité,
Lui-même, à rendre hommage à ta proſpérité.

Que je me plais à voir ce reſpectable aſyle,
Où ſans ceſſe, à ta voix, chaque Ouvrier docile,
Et dès le point du jour volant à ſon devoir,
Par ſon activité, couronne ton eſpoir!
Ici, ſur le papier, l'un eſquiſſe & deſſine
Des fleurs dont le contour mollement ſe termine:
Ce n'eſt là qu'un eſſai; mais le Goût enchanté
Y reconnaît ſa grace & ſa légèreté:
Là, ſur un bois flexible, un autre, en diligence,
Grave de ce Deſſin la facile ordonnance,
Et ceux-ci, par la planche empreinte de couleurs,
D'un tact, ſur le tiſſu, font reſpirer ces fleurs!

D'un

D'un bras ferme & nerveux, ce dernier, dans la lisse,
Par oscillation, roule un caillou qui glisse :
La Toile, au même instant, s'embellit sous sa main,
D'un brillant que n'ont pas les Vernis de *Martin.*
Dans ce vaste attelier la Vigilance austère,
Sans jamais s'arrêter, promène un œil sévère,
Et chassant, de ce lieu l'infame Oisiveté,
En fait, du Travail seul, le Temple respecté.
Cette ardeur, au surplus, que chacun fait paraître,
N'est qu'un tribut qu'il paie aux bontés de son Maître;
L'Intérêt fait mouvoir l'Automate de Cour;
Le zèle n'est jamais que le fruit de l'Amour!

POURSUIS, sage ***, des mains de la Franchise,
Reçois le juste prix de ta vaste entreprise;
Plus tu pourras l'étendre, & plus les malheureux,
Avec empressement, viendront t'offrir leurs vœux.
Entouré d'Esprits faux & de Juges avares,
Entens, sans t'arrêter, leurs augures barbares :
Un Dieu même affermit & règle les destins
De celui qui ne veut qu'être utile aux Humains :
Malheureux le Mortel qui, né sans énergie,
Qui, toujours, de son poids, surchargeant sa Patrie,
Mérite qu'elle trace, un jour, sur son tombeau,
Ci gît qui, pour mon Sol, ne fut qu'un vil fardeau!
L'honnête Commerçant qui fait, par sa puissance,
Sur une Terre aride, éclore l'abondance,
Qui, par de grands travaux qu'il dirige avec soin,
Change, en fruits consolans, les ronces du Besoin,
Voilà le Citoyen dont l'heureuse Industrie
Sert véritablement le Prince & la Patrie :
Malgré les Envieux, les Sots & les Ingrats,
Lui seul n'en fait pas moins le bonheur des États....

F

Mais où m'emporte, hélas! le zèle qui m'anime!
L'Amitié te devait ce tribut légitime :
Mon cœur te l'a rendu; je reprens mon pinceau,
Et poursuis du Commerce à t'offrir le Tableau.

Fin du cinquième Chant.

ERRATA.

Page 55, vers 16, au lieu de *l'honneur de la Liberté*, *lisez*, que pour l'honneur & pour la Liberté.

Page 56, vers 14, au lieu de *se cresser*, *lisez*, se tramer.

Page 64, vers 29, au lieu qu'*aveuglément ses excès*, *lisez*, qu'aveuglent ses excès.